竹馬成雙 1

AUTHOR | 愛看天　　ILLUST | EnLin

竹馬成雙

AUTHOR 愛看天

ILLUST EnLin

Contents

第一章 重生

『本市於今天上午發生了一起連環車禍，據悉是因為大面積降雪、路面結冰造成，目前已造成一人死亡，三人重傷。由於一輛裝載四十五人的中型巴士也在其中，具體的傷者數量還在統計……』

丁浩的眼睛被血黏住，勉強看得到自己身前的那個男人。他穿著一身黑西裝，身前身後依舊跟著一堆人，嘴巴抿得死緊，眉頭皺得快要擰出水來。

白斌？丁浩想跟他打招呼卻發現自己完全動不了。他這是怎麼了？喔，對，出車禍了，他昨天喝多了，又跑去狂歡了一宿，早上開車就忍不住打瞌睡，似乎還撞到了別輛車……

「少爺，我跟下頭交代好了，就說這次的車禍是因為路滑，輪胎打滑造成的。丁家的老頭很識趣，沒有再說什麼。」白斌身後的一個人湊過來。丁浩認得他，是白斌的心腹董飛，沒大事都不會帶出來。這次連他都來了，是發生了什麼大事？

「丁浩……他已經死了，哥你就放了他吧！」後面的一個小丫頭嗚咽出聲，也是穿得一身漆黑，趴在白斌身上哇哇大哭。

我……我死了？丁浩忽然發現他能起身了。

他的手穿過白斌，穿過他們握得死緊的手，他聽到白斌用沙啞得不成聲的嗓子說：「媒體那邊不能再出包了。我跟丁浩保證過，要照顧好他那一大家子……」

董飛點點頭。

「你帶白露回去吧！」

白斌說著，用手擦了擦掉在丁浩臉上的雪。丁浩的臉上有血，被抹開了更是嚇人，白斌卻不管，小心地幫他擦著。

「我再陪陪他。」

丁浩飄在上頭看著，心裡一抽一抽地抽痛。他不知道，他是真的不知道白斌對他這麼認真，畢竟那張模糊得亂七八糟的臉連丁浩看了都嫌棄。

他以為白斌對他不過是表面上的，過了年輕的年紀，這個衝動就沒了。不就是圖個新鮮嗎？他丁浩也愛玩啊，他玩過的男人女人還少嗎……媽的，白斌你把手從老子臉上拿下來！你把我揉成一團是想怎樣啊！老子還要附身回去啊！！

丁浩開始往自己的身體裡衝。不過是撞花了臉，大不了整容就好了！可是，衝過去後總像是被什麼東西擋著，一下子就彈開了！丁浩傻住，他是真的回不去了。

腦子裡忽然閃過許多以為忘記了的東西，那些回憶總少不了白斌。

小蘿蔔頭的白斌、半大的白斌、少年的白斌、青年的白斌和現在的白斌……他一直以為他可以利用白斌對他的好，玩玩曖昧，多得到一些好處，卻一直不肯承認自己心裡那些不願承認的感情。

其實，他很喜歡白斌對他好，有些事，總要到人死了才知道——他丁浩，無法離開白斌。

如果有下輩子，他還願意跟白斌在一起，也願意對白斌好……

◇

丁浩再睜開眼的時候，手裡緊緊抓著一支手機，是他死前用的那隻黑殼諾基亞。才鬆了口氣，馬上又被抓著手機的手嚇得瞪圓了眼。

那是一雙小孩的手，才一丁點大，連抓著手機都很勉強。丁浩順著那隻小手往上看，小手臂果然是接在自己身上的……這是怎麼回事啊？

丁浩欲哭無淚，跟了自己二十幾年的軀殼呢？怎麼跑到一個沒幾歲的小屁孩身上了？

丁浩正想著，忽然聽到窗戶外頭有人在叫他：「浩浩？浩浩，起來了沒啊？」

丁浩聽到這個聲音，眼睛又瞪直了。這、這是他奶奶的聲音！難道不是附身在一個小孩身上，而是回到了小時候？

他的心緒起伏，忽然燃起了一絲希望。

丁奶奶掀開布簾進來，丁浩下意識地將手裡的手機偷偷塞到旁邊的被子裡。而丁奶奶看到躺在床上的丁浩睜著大大的眼睛看著自己，笑呵呵地在他臉上捏了一把。

「睡醒了也不出聲，就知道淘氣！」

丁浩看著他奶奶眨眨眼，再眨眨眼，忽然咧嘴笑了。

「奶奶！」

他撲到老人懷裡開心地打滾。他怎麼會沒想到呢？真的是回到自己小時候了！趁自己還沒做出那些爛事，他要好好地幫自己規劃一下人生！

丁浩一下子從奶奶懷裡鑽出來，豎起五根手指，一臉嚴肅地跟奶奶發誓：

「奶奶，我決定了，我要從現在開始跳過小學，跳過國中，從高中開始好好地讀書！我就不信我在高中蹲個十年八年，還考不上好大學！」丁浩小手一揮，氣吞山河，「奶奶，我要考清華！」

丁奶奶雖然只讀過小學，但是也知道清華，立刻肅然起敬。

「好，我們考清華！」

丁浩跟奶奶手拉著手，眼裡含著淚花。

「奶奶，等我賺了錢，我會好好地孝敬妳，我們去吃山珍海味、大吃大喝，大蝦都只吃不帶殼的……」

丁奶奶笑呵呵地摸著丁浩的頭髮，連連點頭。

「好，我等著浩浩出頭天的那天，帶奶奶一起去吃好吃的。」

丁浩抱著奶奶的脖子不放手，眼淚真的掉下來了。

他記得他奶奶是在他國中時走的，腦血栓，來不及醫治所以沒救回來。不過現在不同，他回到小時候了。

丁浩吸吸鼻子，還要再發表長篇大論時被人拎著衣領，像小貓一樣提起來，在耳邊大聲嚷嚷：「小兔崽子！就知道哄你奶奶高興！」

丁浩抬頭看到自己老爸年輕的臉，咧嘴笑了：「爸！」

丁遠邊黑著一張臉，一手拎著丁浩，一手指著丁浩剛才睡的那床被褥，怒不可遏：

「昨天又尿床了是不是？啊！」

丁浩一雙準備與他老爸熱情相擁的手硬生生地收了回來，扭著小脖子，憋紅了一張小臉：「不是！不是我尿的！」見到他老爸大有用拳頭教育的趨勢，又立刻嚷嚷：「是昨天的我尿的！不是今天的我尿的！」

丁遠邊硬生生被這小子氣得臉色發青，咬牙切齒還不夠！伸手就去扯那床被他兒子糟蹋的被褥。

丁浩哀號了一聲，從他老爸手裡掙脫出來，撲到被子上。

「我……我自己洗！我自己洗！」

開玩笑！他被子裡還藏著一支手機啊！

丁奶奶以為兒子把孫子捏疼了，立刻站起來，「怎麼了？怎麼了？我的寶貝浩浩沒有事吧？跟奶奶說，別忍著，奶奶在這裡呢，我們不怕……」

丁奶奶上上下下摸了一遍，看著丁浩白皙的小脖子上有一圈青色的手指印，心疼地揉了揉。

丁浩顫顫巍巍地從被子裡揚起小臉，帶著可憐兮兮的哭腔說：

「奶奶，您讓我爸出去，我自己洗。」

丁奶奶立刻把自家兒子趕出去，這次連掃把都用上了。

「出去，快出去，你看你，把孩子嚇成什麼樣子了！」

丁遠邊哭笑不得，又不敢跟丁奶奶較真，只能一步步退出房間。

「媽，您太寵他了，都多大了……」

「再大也是我孫子！」丁奶奶拿著掃把，手扠著腰瞪著丁遠邊，氣呼呼地說，「你沒看見你把孩子嚇得都要自己洗床單了！」

丁奶奶說得理直氣壯，讓丁浩在裡面忍不住抖了兩下嘴巴。他算是找到自己從小囂張跋扈的原因了……都是被他奶奶寵出來的。

三兩下把手機掏出來藏好，丁浩又撅著屁股去床上拆下床單、被套，並拖下來。

剛下來就跟他奶奶撞了個滿懷，丁奶奶看著小丁浩抱著比他還高的床單、被套過來，被嚇得說不出話來。而丁浩在床單的另一邊跟他奶奶說，「奶奶，您別老是寵我，我已經長大了。」

丁浩這時候還是幼稚園中班的學生，拖著尾音，帶著一點奶氣，瞬間感動了丁奶奶。擺好大大的洗衣盆、洗衣粉、肥皂，倒進清涼的井水，在大人的幫助下，丁浩終於開始了他人生中第一次的洗床單。

而白斌，就是在這時第一次見到了丁浩。

他在院子外看著那個認真地跟洗衣粉泡泡奮鬥的小孩，看著他拉扯著一大件分不清楚是床單還是被套的布料，最後一個不小心，一頭栽進水盆裡，弄得滿頭滿臉都是泡泡，忍不住笑了。

很多年以後，丁浩用腳踢著白斌問他：「我可是有好多第一次都給了你，我第一次洗衣服時你就在旁邊呢，是吧？」

白斌看了他一眼，連眉毛都不動一下。

「你在那之後就沒再洗過其他東西了吧？」

丁浩一張臉憋得發紅，氣呼呼地大喊：「老、老子還洗過自己的內褲！」

不過，這都是很久以後的事了。

現在，白斌小朋友和丁浩小朋友歷史性的第一次會晤了。

◇

丁浩驚魂未定地從水盆裡鑽出來，抬頭就看見白斌站在門口對著他笑，腳下被床單絆住，身體一歪又摔了出去。這下子連水盆都扣在他身上了。

一盆水嘩啦啦地從他頭上流淌而下，流向院子，一去不復返。丁浩被盆子扣著，被水淹得哇哇直叫，「奶奶……奶奶啊！出人命啦！啊啊啊……快淹死我了，咳咳！」

丁奶奶一跑出來，就看見自己的寶貝孫子穿著小褲衩，被一個大塑膠水盆扣住了後背，剩下四根小爪子趴在地上來回划動，小腦袋也被大水淋得濕透了。渾身濕漉漉的，像隻剛出殼的……小烏龜。

丁奶奶噗哧一聲笑了，幫丁浩拿起那個水盆，又把他拉起來，擦了擦臉哄道：「哎喲喲，我的寶貝浩浩不哭了，奶奶來了。我們不哭，盆盆壞，奶奶打它。」說著，用手在水盆上打了兩下。

丁浩的嘴角抽了抽，丟臉死了。

跟在後面跑過來的丁遠邊看著滿院子的水和剛撈出來的丁浩，立刻又吹鬍子瞪眼，使出一記大擒拿手，抓住了丁浩，「你這小兔崽子，又闖禍！」

「哈哈！小丁，孩子嘛，淘氣一點比較聰明啊。」

一個黑西裝的男人走進院子，白斌跟在後頭，一板一眼地，像小大人一樣。

丁遠邊一副羞愧的樣子，舉了舉拎在手裡的丁浩道：

「白書記，您不知道，這死孩子淘氣得很。三天兩頭闖禍，我把他扔在他奶奶這裡也給我惹出這麼大的麻煩，真是的，唉。」

丁老爸用了感嘆詞做總結，丁浩也認出面前的這個人了——這是白斌他爸，他家老爸以前的頂頭上司。

丁浩立刻識時務地掛在他爸手上，垂著腦袋，一副「我錯了」的樣子。

丁奶奶不高興了，「誰說我孫子只會惹禍了？今天他還自己洗尿床的床單呢！對吧，浩浩？」

丁浩一張小臉埋得更低了。他這二十幾年來都沒這麼丟臉過，今天算是在白斌面前徹底丟光面子了……

白書記是個很和藹的人，笑呵呵地把丁浩解救下來，拍拍他的腦袋。

「小孩嘛，都一樣，如果都跟白斌一樣不出聲就不熱鬧了。」又從旁邊的司機手裡拿過一盒巧克力，遞給丁浩，「拿去吃吧，跟你白斌哥哥去玩。」

丁浩捧著巧克力，仔細看著那上頭印得像花紋似的字母。靠，全都是英文，白斌你這傢伙這麼小就能吃西洋巧克力，平時很常貪汙吧……

白書記自然不知道丁浩心裡想什麼，讓白斌帶著丁浩出去玩。

丁浩先拉白斌回到自己的小破屋裡，把那盒巧克力放下，改抓了一把橘子糖。開玩笑，這一盒帶出去還不夠外面那幫小猴子分呢！誰知道白大少下次什麼時候來，他得先幫自己留點儲備糧食！

丁浩的口袋裡塞滿了橘子糖，裝得滿滿的，白斌自然地等著他，一身吊帶褲、小襯衫，脖子上還打了個小領結，坐在丁浩的床上左摸摸右摸摸。

「這是什麼？」

白斌拎起一條白色的布，上頭還繡著鴨子和蝴蝶結，一臉好奇地問丁浩。

丁浩的嘴角又開始抽動幾下。這是什麼？這是他的圍兜兜……靠！

丁浩小朋友是在丁奶奶的溺愛中成長長大的。

從小吃飯就不讓人省心，這個不吃、那個不吃。好不容易吃到一點人的食物了，端著一個碗嘩啦啦地亂掉食物，氣得丁遠邊好幾次都想在飯桌上打他，但丁奶奶自然不會允許這種情況出現。

可是丁浩小朋友心智初長，已經知道戴著圍兜兜吃飯會被周圍的小朋友嘲笑，拒絕戴圍兜兜。因此，丁奶奶連夜趕工做了一條圍兜兜讓他戴著，像一條大圍裙一樣，有點太長了，順便圍住了大半個身體，終於讓丁浩脫離吃頓飯要換幾次衣服，外帶幾個巴掌的悲慘生活。

丁浩能直接告訴白斌這是他童年唯N的汙點嗎？當然不能，小心眼一動，立刻說：「這是抹布，剛擦完桌子的！」

白斌有潔癖，小蘿蔔頭時期的白斌自然有所表現，立刻放下了那條「抹布」。可能是感覺自己太快放手了，怕傷到丁浩小朋友的心，又咳了一聲，試探地誇獎道：「滿好看的。」

有人誇別人家抹布好看的嗎？白少，你從小就不老實啊。

丁浩哼了一聲，「那當然！那可是我奶奶親手做的！」

他帶著滿滿兩口袋的糖從椅子上爬下來，小手對白斌一揮：「出發！」

白斌被他逗得好奇不已，「去哪裡？」

丁浩一臉嚴肅，「去小河邊消滅敵人！」

這是個什麼年代？這是他丁浩在橘子糖的槍林彈雨下打下來的年代！敵人果然抵擋不了糖衣炮彈的威力，一個個倒了下來……啊不，一個個圍在丁浩身邊，渴望地看著他。丁浩神氣得很，小鼻子都仰到天上去了。

「叫浩哥！」

「浩哥～哥～」

周圍一圈奶聲奶氣的呼喊。

一把橘子糖撒出去，立刻鬧了起來。

「吃糖吧～」

白斌坐在河邊的石頭上看著丁浩。

五月的天，風吹得還算舒服。白斌看著丁浩撒完口袋裡的糖，打發了一群小孩後頂著一張紅撲撲的小臉跑過來，爬上石頭，緊靠著自己坐下。之後在口袋裡翻翻掏掏，又掏出兩塊橘子糖出來，仔細地對比了大小，把一塊比較小的遞給自己。

「請你吃糖！」

被太陽曬紅臉的小孩笑呵呵地這麼說，一口小白牙可愛到不行。

白斌接過那塊橘子糖，扁扁的橘瓣形狀，上頭撒了糖粒，聞起來一陣清香。白斌皺著眉放進嘴裡，他接受過的教育告訴他，不可以隨便吃外面不乾不淨的東西，但是丁浩給的糖好像散發著格外香甜的氣息，讓他忍不住含著，細細品嘗。

「滿甜的。」白斌笑了，摸摸丁浩的腦袋，「謝謝浩浩。」

丁浩像隻炸毛的貓，一下子從石頭上竄起來，「不許叫我浩浩！」

白斌疑惑地看著他，「那要叫什麼？」

「叫……」

「丁小浩！」

後面有一個陰陽怪氣的聲音喊道。

「我呸！」

丁浩不用回頭也知道是誰。他從小到大的損友兼狐朋狗友，吃喝嫖賭全沾，打架、鬥毆樣樣俱全的李盛東李大少！這小子當初可沒少嘲笑他和白大少的事！缺德的主意都是他出的！

丁浩像鬥雞一樣昂起小脖子，眼神斜瞟著李盛東說：

「你這顆頭剃得不錯，阿姨的手藝有進步啊。」

李盛東現在長著一張小圓臉，腦袋被他媽拿來練習，順便剃成了凹凸不平的小平頭。

那一雙微微下垂的小眼睛能看出日後李大少的陰險，但如今的李盛東跟丁浩明顯不是同等級的，被嗆了一句話就開始摸鼻子，悶哼了半天，看了一眼旁邊的白斌開始嘟囔：「我還在想你怎麼不來找我玩，原來是有伴了……」

放……放屁！李盛東你這個兔崽子，分明是你搶了老子的變形金剛還藏在你家，嚇得三天不敢來找我！！！

丁浩氣到嘴都歪了。一回到小時候，以前一些亂七八糟的事突然就變得鮮明清晰。還是人家說的那句——小孩子的腦袋就是好啊，這點芝麻綠豆的小仇他都記得一清二楚！

但李盛東不太高興了。這小屁孩顯然是看到白斌穿得比他好，小吊帶褲多神氣啊，更別提還有跟大人的白襯衫相似的小領子，整整齊齊，一看就不便宜。

他在白斌旁邊轉來轉去，就是看坐在石頭上，鶴立雞群的白斌不順眼。

丁浩的心智年齡也不像那群追著打仗的小孩，乾脆跟白斌一起坐在一顆石頭上。李盛東圍著白斌轉，等於就是圍著他丁浩轉。李盛東的心眼壞得很，那眼角一下垂，就能擠出一肚子壞主意！丁浩看著他，忍不住開始防備。

而李盛東摸了摸鼻子。這小屁孩有個習慣，想做壞事或害羞尷尬的時候就愛摸摸鼻子，真的把自己當成吳三桂了，還深以吳三桂那樣的梟雄為榮——

話題扯遠了。

李盛東摸了摸自己的鼻子，忽然跑到旁邊去，不一會兒帶著幾個小屁孩回來，那眼神更壞了。

旁邊的幾個小孩垂著鼻涕，伸手看看白斌，又看著李盛東呵呵地笑，讓丁浩的汗毛一下豎起來。

靠，不是吧？

他突然想起來了，他當年小時候跟李盛東好得恨不得穿同一條褲子，的確曾經把白斌推進水裡一次，當時就是他動的手。幾個小屁孩把白斌弄成了落湯雞，後來被送回城裡，還住了院。

白書記說是沒事，但是都住院了，能沒事嗎！丁浩跟李盛東在那之後被他們老爸打得很狠，真的是連親媽都認不出來了。

丁浩現在顯然不是怕疼的時候了。他自從重生後，有個堅定的目標。

目標是誰？就是白斌！

他媽的，李盛東這小屁孩動了白斌，不就等於是在他太歲頭上動土嗎？今天不給你一點顏色瞧瞧……

圍上來的孩子又多了幾個，丁浩決定改天再給李盛東他們一點顏色瞧瞧。小手偷偷抓著白斌，捏了捏，湊近耳邊小聲道：「等等我說跑，我們就跑。」

丁浩的聲音很小，而白斌從小養尊處優，顯然沒有這方面的武裝衝突經驗，立刻追問了一句，「你說什麼？」

李盛東這壞小子已經聽出來了，雙手一揮：「上！打倒中央機關的人！」一群野孩子立刻吼了一聲，撲過去將他們抬起來，推手推腳地往小河裡送！嘴裡還嚷嚷著：「打倒中央機關的人！！」

「你們剛才還吃了我的糖！以後還想不想吃糖了啊啊啊！」丁浩護著白斌，大半個身子也被搬起來，扯開嗓子吼了一句，他這才感覺到這群小毛頭的威力。

他媽的，等老子長高了，一個一個都揍回來！你們給老子等著！

丁浩連想哭的心都有了，就他這個小不點，要是扔到水裡，那不是會當場陣亡嗎！想當年，白大少也是被淹到送進了醫院，他這個身高可禁不起這樣鬧。

丁浩拿定了主意，只能智取。小手在口袋裡翻了半天，只撈出一點糖粉渣渣，吞了一口口水，看著那群屁孩，「那什麼……你們把白斌放下，我下午再拿橘子糖給你們吃！」

李盛東這傢伙壞極了，剛才丁浩分橘子糖的時候，這孩子一塊也沒少拿，現在又從口袋裡掏出一把玉米軟糖，耀武揚威。

「沒事！把中央機關的人扔下去！誰扔下去，我就給誰軟糖吃！」臭小子一轉身，一臉嚴肅地指著丁浩，「丁浩叛變了，也把他扔下去！」

我……我靠，李盛東！！！

丁浩被一群剛脫下開襠褲的小屁孩們抬著，哄笑地往水裡推，腦袋上的毛都炸了！但白斌悶不吭聲的，忽然架了身高矮了一點的小孩一記拐子，拉著丁浩就往外跑！

白斌下手似乎很狠，那孩子張嘴就哇哇地哭了，估計還在想「我們不是在玩嗎？怎麼打人啊！」他還在委屈，丁浩就跟著白斌竄過去，又順帶給了他一腳！

丁浩這腳踩在腦袋上才疼啊！那孩子咧著嘴，哭得更大聲了。

「奶奶～～！奶奶～～啊！丁浩打死我了，嗚嗚……嗚啊啊啊！」

白斌拉著丁浩沒跑多遠，就被李盛東他們包圍了。

李盛東在這群孩子裡算是大的了，覺得跟著自己的人被白斌欺負到哭了，這算怎麼一回事！他面子掛不住，三角眼盯著白斌，更陰沉了，舉手一揮，「抬起來！扔進河裡！」

幾個孩子還抬不起跟自己差不多大的，尤其是像白斌這樣帶有一定攻擊技能點的。不過，要勉強把他們扔下去還是可以的。

丁浩的屁股被踹了一腳，撲進河裡的時候在心裡罵了李盛東的八代祖宗。他以前為了追一個跳水的女生，順便學了一些游泳，如今總算派上用場了。他從河裡掙扎地鑽出頭來，指著在河岸上看熱鬧的李盛東罵：

「李盛東你這個王八蛋！我告訴你！今天的事，我跟你沒完沒了！」

李盛東在河邊囂張，「你再說，本大爺就撒一泡尿進去！」

丁浩吸了一口氣，李盛東這死孩子真的能做出這麼缺德的事。眼看他都把褲子皮帶解開來了，丁浩也顧不得那麼多，抖著手開始威脅他：

「李盛東，你你你……你偷拿打火機，燒了李奶奶家的玉米田！你偷了我的變形金剛，藏在你爸的酒櫃裡，還打破了你爸的一瓶酒！你還偷了你爸的菸，我要告訴你媽去！」

李盛東小朋友現在智商還處於不斷發展的階段，也就是說他現在沒什麼智商，聽到威脅，還沒學會笑著掐死在萌芽裡，只會遠遠地躲開。於是，他立刻拉攏幾個得力的小屁孩離開。

「走了走了！我們去玩打仗！」

一群小孩一溜煙就跑了，剩下幾個常吃丁浩給的糖，又跟丁浩關係不錯的。他們捏著衣服，看著在小河裡亂動的丁浩兩人，苦著一張小臉結結巴巴地說：

「丁浩，你別急，我去找你奶奶！」說完也跑了。

丁浩掙扎了幾下，忽然覺得不對勁——白斌！白斌呢？他從剛才就不太出聲，但還是有水聲的啊！

丁浩有點慌了。當初他把白斌推下去後，也是這樣一哄而散地跑走了，他不知道白斌是怎麼在河裡掙扎，等到救援的，如今他也跟白斌一起掉進河裡，歷史會不會改變？

丁浩一陣心慌，看著冒出幾顆氣泡的地方，猛地轉頭紮進水裡。

白斌果然在下面，他的腳踝被河底的茅草纏住了，正在使勁地拔。白斌看來很少下水，眼睛閉著，眉毛也皺成了一團，只是嘴巴緊閉著，偶爾冒出幾顆氣泡，還知道留點氧氣。

丁浩游過去，沉住氣去拉那團該死的草。小河裡的水跟游泳池裡的不一樣，沒拍幾下就變得十分渾濁。白斌的小臉已經由紅變白，丁浩急了，也顧不得那麼多，使出吃奶的力氣去拔那些纏住白斌的茅草！

白斌！白斌還沒有呼風喚雨，還沒有隻手遮天，他還有那麼多事沒做，他怎麼能就這樣死在這裡！

被茅草纏住腳而淹死？太他媽可笑了！

丁浩嘴裡的氧氣也不多了，肺部火辣辣地發疼，眼淚都快下來了。他都這麼難受了，更何況是一直沒露出水面的白斌。

手裡的茅草鬆動了一下，掀起更多的渾濁，丁浩卻是像看到了眼前的指路明燈，使出最後一點力氣，手腳並用地拉扯，絲毫不管會不會就這樣纏在自己身上，他只想著，要是白斌就這樣一個人出去也好。

丁浩的最後這一下起了作用，茅草被扯斷了幾根，只有一根被扯出了深埋在底下的根部，雖然還纏在白斌腳上，卻也夠他探出頭呼吸了。白斌探頭吸了一大口氣，猛烈地咳了起來，他懷裡抱著的丁浩手腳都已經軟了，勉強靠著白斌，仰著臉喘氣。

丁浩斜了一眼頂著一頭水草，頭髮濕透了的白斌，嘿嘿笑了，他從來不覺得白斌這麼好看。之後丁浩翻了白眼，暈過去了。

◇

他醒過來的時候，是在醫院的病床上，到處白晃晃的。要不是旁邊睡得正香的白斌，丁浩還以為自己被送到太平間了。

有人在門外小聲地說：

「……剛送到，丁浩家的大人來了。嗯，我知道了，白書記……丁浩缺氧休克了，醫生幫他輸了氧氣，睡一覺就沒事了，倒是白斌腳上受了一點傷。好，我知道了，明天就幫他們轉院……」

外面的聲音又變小了，估計是走遠了。

丁浩轉身看著白斌。這小子睡著了，濃密的睫毛垂著，看著格外溫和。

他們現在是在同一張病床上，白斌靠在床邊的手上還在吊點滴，從走廊透進一點綠色的應急燈光。

丁浩從來不覺得這麼安心過。他趴在白斌身旁，用小臉蹭了蹭白斌的，窩在他身邊睡著了。

◇

白書記做事的效率果然很快，早上剛吃完早飯就派車來接他們了。

丁浩他爸送粥過來，還沒走，正在收拾碗筷，聽到連自家兒子也要被接城裡去住院，連忙道：「我們家的就不用了吧？這孩子身體很強壯，沒事。」

丁浩憤憤地看著他爹，挺著吃得圓滾滾的小肚子，看著被他吃光了的保溫桶，舉起湯匙把碗敲得噹噹作響。

「再來一碗！再來一碗！沒吃飽！」

白斌吃得很慢，聽見他這麼說，立刻將自己手裡的半碗推過去，友好地示意道：「我吃飽了。」

丁浩悻悻然地收起湯匙，把白斌碗裡的肉絲挑出來吃了，之後把白粥推還給他。而白斌連眉頭都沒皺一下，竟然就這樣吃了。

丁浩心裡很得意，潔癖什麼的還是得從小根治啊。他大方地摸了摸白斌的腦袋，沒等他誇獎幾句，白斌就放下了湯匙，「還餓？」

丁浩的小肚子是真的一點空位也沒有了，收回手來大方地說：「沒事，你吃吧，我不餓。」

丁遠邊一巴掌拍下來，瞪了他一眼：

「小兔崽子，你還得意了啊！」丁遠邊又回頭對一路開快車，剛到的司機說，「我家的真的沒事，還能吃能睡，怎麼好意思再麻煩白書記……」

來接人的司機說得很委婉，態度卻很堅決，堅持要帶走兩隻小的，而且一個也不能少。

丁遠邊一臉愁眉苦臉。他要來的時候，費了好大的工夫才把丁奶奶攔住，要是讓丁奶奶知道她的寶貝孫子被接進城裡住院，那肯定會嚇暈過去！要進城住院是要得了多大的病，至少會是腦袋被打破了……

丁遠邊甚至都能想像到丁奶奶哭天搶地，要她的寶貝浩浩的情景，不禁打了個冷顫。再回頭看一眼丁浩，那小兔崽子剛才挨了他一巴掌，現在正在捧著腦袋在那裡裝委屈，白斌倒是好脾氣，用手心幫他揉著腦袋。

說實話，自家的小崽子不開口說話的時候倒有幾分天真可愛。睜著一雙大眼睛，唇紅齒白的，笑起來時，左邊的酒窩特別惹人喜歡，可是不過一會兒就原形畢露，鬧翻天了！這樣真的能帶去城裡，讓白書記照顧一段時間嗎？

丁遠邊深刻地思索著，一咬牙，心想再怎麼鬧，也沒有掉進水裡差點淹死厲害吧？丁遠邊大手一揮，一句話從牙縫裡擠出來：「都帶去吧！」

丁浩先是愣了一下，接著歡呼！

白少家會有多少進口糖果和進口巧克力啊，他要吃夠本了，都把糖果帶回來！

丁遠邊顯然跟丁浩想到了同一件事，黑著一張臉，「丁浩，你長大了，做事要有個大孩子的模樣，知道嗎？」

丁浩拍著胸口保證，「爸你放心，我做事有分寸！」

丁遠邊的一顆心瞬間提得更高了。眼看丁浩是無法指望了，他轉頭看著白斌，擺出一張慈祥的笑臉，和藹地對著白斌說：

「斌斌啊，你跟浩浩要在一起一段時間，我們家浩浩從小就撒野慣了，不懂事的時候你就替叔叔教訓他。啊，也看著他一點，照顧他一點！」

「好，」白斌點點頭，「叔叔你放心，我以後都會照顧浩浩的。」

丁浩被他老爸按著腦袋，向白斌點頭說保證會聽話，臨走時腦袋又被他老爸揉成一團。

丁浩被司機抱著，回頭對丁遠邊喊了一聲：「爸爸！」

聲音清亮，卻把丁遠邊一顆送兒離去的心喊得抖了兩下。丁遠邊咳了一聲，眼眶都憋紅了，「嗯。」

「奶奶為我做的那罈豬肉乾，你可別都吃完嘍。」

丁遠邊微紅的眼眶瞬間冷了下去，要不是有外人在，他恨不得當場脫下鞋來，用鞋底扔死這個小屁孩！

◇

丁浩坐著黑色轎車去白斌家，一路上巴著車窗往外看。白斌的腳還沒完全好，在丁浩旁邊半躺著，看到丁浩眼睛一眨也不眨地看著外頭，就靠著他一起往外看。

「你在看什麼？」

看什麼？看以後的房地產黃金路段……

丁浩盯著一排排的平房，想到以後拔地而起的高檔辦公大樓、商場、飯店，心裡就一陣陣地流淚。他要是有錢就把這些都買下來，這些夠他揮霍好幾輩子啊！

丁浩眼巴巴地看著成排的金磚從自己眼前一閃而過，咂咂舌，回應白斌的問題時也明顯心不在焉，「我只是看看有沒有賣冰的，我想吃雪糕。」

白斌當真了。摸了摸他的腦袋，一起找起賣冰的攤販來。

那時候賣冰的攤販大多是撐著一把遮陽傘，上頭印著某某礦泉水或者某某汽水的字樣，五顏六色的很好認。進了市區後，隨便一間商店門口就有，白斌讓司機停車，從自己口袋裡掏出兩塊人民幣給丁浩。

「你去買吧，我等你。」

丁浩看著那張兩塊錢紙鈔。綠色的，還很新，心裡又一陣感慨。自己死前的那一大堆紙鈔都沒辦法花了。

丁浩把那張兩塊錢的紙鈔放進口袋裡，想留到以後當紀念，不客氣地又向白斌伸出手，「再給一張一塊。」

白斌的脾氣也好，真的又掏了一張給他。前面的司機看到丁浩這才去買雪糕，忍不住呵呵笑了，「還是個小財迷！」

丁浩買了兩支雪人冰，一支自己啃著，一支遞給白斌。見到白斌搖搖頭不吃，立刻歡呼了一聲，拆開包裝，三兩口就咬掉了那支雪人的帽子一角。巧克力口味的～真好！

丁浩吃得見牙不見眼，滿臉幸福，對著剩下半邊臉的雪人，一口咬掉了它的嘴巴，嘿嘿笑著，「來親個嘴～」

白斌跟司機噗哧一聲笑了。

要是丁遠邊在這裡，肯定會把這個丟臉玩意兒拎回家！

丁浩吃完雪糕，安靜了一會兒，自己拿紙巾擦嘴巴。我們得當個講求衛生的好市民。

司機一轉彎，直接去了醫院。丁浩跟白斌咬耳朵，「不先回家？」

白斌看著他搖搖頭，「家裡沒人，直接去醫院也一樣。」

喔，想起來了，白斌他媽是個事業女強人，他家常年都冷冷清清的。

丁浩忽然想起那個狠心扔下自己，去學了半年幼教的媽媽，心有戚戚焉地跟白斌勾肩搭背，「沒事，我們以後都在一起。」

白斌看著丁浩笑了，丁浩的耳朵則忽然燒了起來。

他剛才是腦袋有哪根筋不對，怎麼會說出這麼煽情的話？以後都在一起……在一起……我靠！

丁浩覺得有必要解釋一下，頂著一張小紅臉，忸忸怩怩地對白斌說：「那什麼……我說的是，以後一起玩、吃飯什麼的，你別想太多！」

這次輪到白斌好奇了，「除了玩跟吃飯，還能做什麼嗎？」

還能做……做什麼……白斌你這小子還想對老子做什麼！你這個小蘿蔔頭能對老子這個小蘿蔔頭做什麼啊！

丁浩明顯帶著前世的怨念。那時候白斌對他可沒少動手動腳，不過倒是什麼都沒做過，只是有的時候沒做比做了還印象更深。

丁浩被自己的不良記憶弄得沒了精神，跟著白斌走進病房，這才發現是一間單人房。裡頭有一張大床、茶几、沙發、電視機一應俱全，床頭櫃上還擺著一束鮮花，絲毫不覺得是在醫院，倒像是進了賓館一樣。

丁浩跟著白斌進來後，司機就出去了，估計是去接白書記。

丁浩無聊地按著電視遙控器，翻來覆去就那幾台，還大多都是地方ＸＸ1台、ＸＸ2台，看起來很無趣。

白斌整理好他們帶來的東西，又去洗手間拿了一條免洗毛巾沾水，遞給丁浩。

「擦擦臉吧。」

丁浩還在看電視，仰起臉往白斌那裡湊了湊，示意白斌幫他擦。

白斌比丁浩大不了多少，大概是第一次伺候人，小心地幫他擦乾淨，那動作輕得像是在擦花瓶。

丁浩心裡很高興。看來白小斌小朋友這輩子對他跟上輩子一樣，沒變心，不錯，以後慢慢培養。

等了一會兒，白書記來了。丁浩跟著白斌站起來，擺出最燦爛的笑臉：「白叔叔！」

白書記摸摸他們兩個，又讓白斌去床邊坐下，陪他進來的醫院主任還在旁邊小心地道歉。

「白書記，真是抱歉，這是我們醫院裡最後一間單人房了。軍區來了幾個療養的長官，我們病房不太寬裕，這間還是特意說明了情況，留下來的……」

白書記看起來是個很隨和的人，笑呵呵地連連擺手說沒事。

「就他們兩個小傢伙，這裡夠他們住了。」回過頭來笑著問丁浩他們，「是不是啊？」

丁浩立刻笑出了酒窩，拖著長音大聲地回答：「是～～！」

白斌比他成熟多了，只端坐在一旁點了點頭，表示兩人一間很足夠了。

白書記又交代了一些事情，匆匆地走了。丁浩不由得感慨，白斌這個從小奶奶不疼，舅舅不愛的冷淡個性就是這樣養成的吧？他爹是能來多看他兩眼，但也就兩眼。這社會上能成大事的人都好忙啊。

至此，丁浩跟白斌正式開始了同居生涯。

◇

白斌腳踝上的割傷有點嚴重，幸好沒傷到骨頭。院方顯然很重視這件事，推了一張病床進去，仔細照了X光，又讓一群老頭捧著小腳腳看了老半天，這才結結實實地纏上繃帶，讓他回去靜養。為了讓白斌方便，還特意弄來一張輪椅讓他用。

來看白斌的人在門口等著，有幾個大人還帶了孩子。其中一個紮著羊角辮，穿小吊帶裙的就是白露。現在正被她爸媽牽著，等白斌出來，大老遠看到白斌，就扭著身子，從她爸懷裡下來，朝白斌跑去。

「哥、哥！」

丁浩正跟在白斌的輪椅後頭，探著腦袋對白斌進行教育：

「我說啊，你要是覺得腳沒事，其實不用照那麼多X光。你想，雷射X光裡都有輻射，輻射你懂嗎？就是……反正就是照多了，細胞會變異的，不好。」

一路小跑過來的白露不高興了。她哥的腳受傷了，竟然還不能治療，這怎麼行。小嘴一扁，「你這個人怎麼這麼缺德啊！」

你……你才缺德！

丁浩差點一口氣沒喘上來。

我這是高科技，高科技妳懂嗎！妳這個黃毛丫頭連字都不認得幾個，還說我！好，我們不跟文盲說話，沒教育文化真可怕！

但他顯然低估了白露毒舌的段數，小女生跟在白斌小輪椅的另一邊，對丁浩一笑，拍著小手說：

「你放心，要是你腿斷了，我一定不會讓人送你來醫院給醫生看，你被那個什麼光照到了會變異啊，你說是吧？」

丁浩倒吸了一口涼氣。這死丫頭也太毒了吧！

白露的小臉一扭，哼了一聲，沒再理他。丁浩垂著腦袋也不說話了，眼淚在心裡嘩啦啦地流。他以前真是瞎了狗眼，怎麼會覺得白露溫柔可人？

白斌用手握了握丁浩的手，「浩浩的腿不會受傷的，我會看著他。」

白露不高興地抱著她哥的手臂，「哥，你不要我了～」

白斌對白露笑笑不說話，丁浩的心裡則笑開了花，對白露擠眉弄眼。

妳哥就是不要妳了！哈哈，他老早就不要妳這個臭丫頭了！算了，念妳當年趴在老子的遺體上掉了幾滴眼淚，就原諒妳了！

說實話，白露這小女孩還是很懂事，就是對她堂哥白斌有種莫名的崇拜情結，以至於對上丁浩，就像是美國遇上了俄羅斯，徹底不合啊，丁浩做了再好的事，她也能從雞蛋裡挑出骨頭來。

丁浩在白露的眼裡就是眼中釘，肉中刺，尤其是看到她哥跟這個屁孩睡在同一張床時，小女生明顯受到了刺激，躺在地上打滾。

「我不走！我不走！我也要跟哥睡同一張床！」

白露她媽舉起手就想打人。這孩子平時都很乖，現在來這一齣是怎麼回事啊！

白露她爸則是個愛女如命的人，一下子把白露抱起來，舉高了哄，「寶貝，我們跟爸爸回家～跟爸爸睡啊，聽話！」

白露眼淚汪汪地看著她哥，轉眼又看到在她哥旁邊對她呲牙咧嘴，笑得開心得不得了的丁浩，立刻收起眼淚，目露凶光，舉起小拳頭對丁浩揮了揮，意思是你給姑奶奶等著！

白斌的腿不方便，白露一家人離開的時候也就沒去送客。丁浩露出一副自家人的模樣把他們送出去，最後還跟人家揮手道別，「叔叔、阿姨，慢走！」

白露當然轉過頭，用兩支羊角辮對著他，還哼了一聲。白露爸媽對丁浩的印象不錯，笑著跟他說了再見。

送人離開後，又想去買點東西。丁浩摸了摸褲子口袋，幸虧還有白斌給的兩塊錢。丁浩摸摸兩張綠色鈔票，毅然決然地遞給醫院門口販賣部的阿姨。

「阿姨，我要買兩個硬皮的筆記本！要最結實的！」

丁浩捧著筆記本回去時，白斌正坐在床上寫字。看見他回來後問，「怎麼去那麼久？」

「我去買筆記本了！」

丁浩抱著筆記本爬上床，靠在白斌旁邊，腿貼腿地坐下。沒辦法，床上只放了這麼一張小桌子。

他端端正正地擺好自己的筆記本，而白斌手裡拿著一支進口鋼筆，正在補司機從學校幫他拿回來的功課，看到丁浩也抽出一支鋼筆，打開筆記本要寫，一臉好奇地看著他，「你也會寫字？」

有什麼好新鮮的啊！難道就你白斌會寫字，別人拿筆是當成筷子用嗎？

丁浩嚴肅地揮揮手，「滾開，滾開！我這是很正經的事。」

他的小手抓著鋼筆，開始奮力寫下自己這輩子的第一篇記仇錄。

白斌在旁邊看著看著，就皺起了眉頭，「你寫的李盛東，是不是那個叫人把我們推到水裡的人？」

丁浩笑了，「是啊，你可要記好了，我們長大後可不能放過他，這小子太壞了！」

白斌摸摸丁浩的腦袋點了點頭，笑著說好，又看著丁浩歪歪扭扭地寫了幾個名字的筆記本問：「你把他的名字寫下來幹什麼？」

丁浩吹了吹還沒乾的字，聽到他問就挑了挑眉毛：

「我怕我忘了！要一筆一筆記在筆記本上，老子遲早要報仇！」

丁浩把字吹乾後，將筆記本闔起來，又拿起另外一本打開，開始拿筆在上頭寫：

『X年X月X日，白露在醫院打滾哭鬧，圍觀者若干，她媽給了她一巴掌……』

白斌糾正他，「姑姑沒打她，只是抬起手來嚇唬她一下。」

丁浩翻了個白眼，「不行，那樣不夠丟人啊，我要寫下來，讓白露以後哭著求我把筆記本毀掉！」

白斌想了想，又幫他出主意。

「你這樣寫，萬一被白露看到，她會直接把你撕了。你用個代號吧，就用『一行白鷺上青天』的『鷺』來代替吧？」

丁浩想了想，也行，立刻提筆開始改。寫了幾個字後又停下來，抓耳撓腮，一張小臉都憋紅了，白斌問他：「怎麼了？」

「你說的那個『鷺』……怎麼寫啊？」

丁浩一臉羞愧。他竟然淪落到要問一個小學生生字的地步了，太他媽丟臉了。萬惡的電腦，萬惡的自動輸入法！老子當年只打字，突然要寫一個「鷺」字，還真的不會寫啊！

白斌一臉恍然，握著丁浩的手，一筆一劃地教他寫，最後又誇獎他：

「浩浩這麼小，會寫這麼多字已經很了不起了，是哥哥不對，這個『鷺』字等你上了小學就會了。」

丁浩被白斌這句話打擊得一蹶不振。他是在說老子還不如小學生嗎……

丁浩的嘴角抽了抽，正感到消沉時，又聽見白斌在旁邊咳了一聲，「不過，你的字也太難看了。」

去你的白斌！這些字跟了老子二十幾年，哪裡難看了！

丁浩恨從心生，轉頭一口就咬在白斌的手臂上。老子跟你拚了！！

丁小浩的眼裡都含著淚花，太侮辱人了——！

◇

白露的爸爸陸源是入贅的女婿。

他原本是部隊的轉業軍人，後來分配到白斌他爺爺那裡做事，小夥子勤快又樸實，白老爺子心計一動——這麼好的小夥子，肥水不流外人田啊！就把自家女兒就許給了人家，說好了，將來孩子出生就跟著女方姓。

陸源家裡是農村人家，沒想到能攀上這麼好的親事，而且陸源家裡還有兩個哥哥，也就不怎麼在乎這門入贅的親事。白老爺子厚道，心想也不能太讓親家沒面子，於是大筆一揮，就賜了名字——白陸。

孩子哇哇出生，是個女孩。白老爺子翻破了字典，又千挑萬選地選了個「露」字。

陸源當然沒有異議，白露滿月時剛好快要過年了，陸源怕家裡爸媽會因為是孫女而不高興，還特意提前幾天趕回去，親手寫了一副對聯貼在大門上：

上聯，生男生女都好；下聯，嫁男嫁女亦可；橫批：男女平等。

這意思是說，現在社會平等，男女都一樣，再說，我們當初都當了人家的入贅女婿，就算是個孫女也沒什麼。

陸源其實想太多了，他兩個哥哥生的都是男孩，家裡正好缺一個女孩。正巧就多了白露這個小寶貝，更別提已經有好幾個孫子，正盼著孫女的白老爺子了。於是，白露就成了兩家心尖上的寶貝。

白露雖然也是在溺愛中成長的，但顯然比丁浩懂事得多。平時自己也常常做家事、洗個盤子、刷個碗什麼的，不怎麼嬌氣。這一對比，丁浩就不成器了。

丁浩小朋友是在丁奶奶的溺愛中灌溉出來的，他吃飯還有圍兜兜，妳白露有嗎！

丁浩當然會自己吃飯，但是手小不管用。偏偏白露來探病，帶的是雞絲麵，燉得濃濃香香的，又滑溜溜的……

沒錯，就是滑溜溜的。

丁浩舉著快比自己大拇指粗的塑膠筷子，一下一下地夾，麵條嘩啦嘩啦地往下掉，還濺起了幾滴滾燙的湯水在丁浩臉上。

丁小浩生氣了，啪地一摔筷子，喘著粗氣氣呼呼地說，「我等一下再吃！」

白露在旁邊用著叉子，見到他這樣，直接翻了個白眼給他，「你不吃才好呢！」

丁浩被氣到笑出來，吹著湯，小口小口地喝著。

「我才不會如妳的意呢！」

他丁浩是什麼人，怎麼能跟一個黃毛小ㄚ頭計較！眼見湯快喝完了，這才動手拿筷子。他多聰明啊，這樣扒著吃就燙不到了。

白斌伸手拿過丁浩的那碗，也不嫌棄他那碗像被狗啃過一樣的麵，拿了空閒的叉子幫他捲了一小口麵，送到丁浩面前。

白露傻了，丁浩也傻了。

靠，白斌你該不會是那個意思吧……

白斌不負丁浩重望，看到丁浩呆看著他，沒什麼反應，乾脆對丁浩做起了示範。

「啊～」白斌張開嘴，示意要餵丁浩。

白露忽然一下站起來，指著丁浩，眼眶都紅了！

「你、你不要臉！」

她哥是什麼人！像個仙人，不沾人間煙火，平常她借他哥的鋼筆來用，都要用肥皂洗手洗個三四遍才敢用，最後還拿毛巾仔細擦乾淨才還回去。但這個丁浩把一碗麵條啃得七零八落的，竟然被她哥親手餵食！這、這多不要臉啊！

白露小妹妹詞窮，但是她的語氣很充分地表現出了她的憤慨！

丁浩原本還很不好意思，但看到白露氣憤的模樣，立刻乖乖張開了嘴，一口一口吃著白斌餵過來的麵，還故意使勁地嚼出聲音。

小女生氣憤極了，指著丁浩的手都在發抖。

白斌看著丁浩，丁浩盯著白露，白露則瞪著丁浩。視線交接，戰火猛烈！

白露媽媽切好水果進來的時候，看到的就是這個場面。

「哎呀，斌斌真是個好孩子，知道關心弟弟。」白露媽媽顯然不了解事情的危急情況，竟然還往丁浩碗裡舀了一匙雞湯，「多喝點，斌斌也餵弟弟喝點湯。」

白斌點點頭，放下叉子，又拿起湯匙餵丁浩喝雞湯，送過去之前還記得吹了吹，丁浩喝得頭皮直發麻。

白斌你是從哪裡學來的啊！也太肉麻了！

白露的眼淚一下就掉下來了，哭得直抽噎，「我、我也要喝雞湯！」

白露媽媽家教甚嚴，又是學醫的，嚴格按照養生法，平時只準她吃八分飽。看到白露的塑膠小碗裡吃得乾乾淨淨，就沒再幫她盛湯，哄她道：「露露吃飽了，我們不吃了啊。」

白露不服，扁著一張小嘴哇哇大哭。

「我不要！我沒吃飽！！我要吃！！嗚哇哇～」

白露媽媽哄了半天都不哄好，有點著急了。

白露估計也從她媽的口氣中聽出來了，她爸不在，她媽完全可以先打了她再說啊。這小女孩哭哭啼啼地看著吃麵的丁浩，傷心得還想再哭一場。

終於等到丁浩一抹嘴巴，說聲吃飽了，小女生這才止住了眼淚，揪著裙子眼巴巴地看著她哥，小眼神那叫一個哀怨。

吃完飯後白露賴著不走，拿了一本小本子在她哥身旁學著寫阿拉伯數字，1、2、3，3、2、1地來回畫著。看到丁浩用跟她哥一樣的鋼筆，小女生看著自己手中的鉛筆，又憂傷了，連丁浩滴了鋼筆水在她頭上的髮飾上都沒發覺。

丁浩這邊還玩得很開心，被白斌彈了一下額頭，立刻中原一點紅，抓著鋼筆也不敢再鬧了。丁浩抱著自己被彈了的腦袋，眼淚都快下來了。

靠，這日子真他媽沒辦法過了……白斌，你下手還能再重一點嗎！疼死老子了！！

丁浩半天沒吭聲，倒惹得白斌多看了他兩眼。

白大少似乎覺得剛才那一下對丁浩的打擊很大，收起了丁浩抓在手上的鋼筆，幫他擰好筆蓋放在桌上，又小心地拉下他的手來看。

有點紅，但也沒腫起來啊。又看到丁浩一臉委屈，忍不住問他，「很痛嗎？」

丁浩別過頭不理他，白斌則捧著他腦袋，把他轉回來，看著他的眼睛，很嚴肅地說：

「誰叫你欺負人？以後不能欺負弱小，知道嗎？」

「誰？誰被欺負了？哪個弱小？你們在說什麼啊？」

白露那個傻女孩還不知道自己被欺負了，頂著被鋼筆水弄花了的粉紅蝴蝶結，扭著小腦袋來回地轉。看看她哥又看看丁浩，一臉求知若渴。

丁浩沒憋住，差點笑出來。低著頭點了兩下，還是不說話，用手指在桌子上來回滾動那支鋼筆。

白露撐到天黑，被她媽硬帶回去了。

小女生穿著白色小裙子，套著圓點的小外套，頂著兩根羊角辮看著白斌可憐兮兮地問：「哥，我明天還能來看你嗎？」

白露媽媽急了，「小祖宗，妳明天還得上幼稚園呢，我們下次來吧。」

小女生不肯走，白斌也哄她。

「白露，妳去上幼稚園，哥哥過幾天就從醫院回家了，到時候我們在家裡見。」

白露媽媽立刻一起哄她，一把抱起自己女兒，親了親她的小臉蛋。

「就是啊，露露聽話，媽媽星期六帶妳回奶奶家，我們就能見到哥哥了，跟哥哥玩一整天啊。」

白露抱著她媽的脖子，看了看白斌又看了看她媽，伸出一根手指抽著鼻子強調，「玩一整天。」

白露媽媽高興了，又親了她一口，「好，媽媽說話算話，我們玩一整天。」

好不容易哄好了，丁浩替白斌送她們出去，絲毫沒察覺到周圍的醫生護士看著他的善意微笑。

多好玩的一個小孩啊！這才幾歲，就學大人送客呢——要是丁浩知道別人是這麼想的，肯定會一頭撞到牆上去。

但問題是丁浩小朋友現在沒有意識到這一點，開心地抱著幾個護士送的水果糖回來，關上門，拿著自己的硬皮筆記本爬上床，歡樂地記下一筆：

『一隻白鷺沒喝成雞湯，饞哭了，哈哈哈！！』

白斌在旁邊看他寫，也不指出他歪曲事實，跟著笑了。

晚上關燈睡覺，丁浩怕碰到白斌剛換好繃帶的腿，小心地跨過去，睡在床鋪邊緣，不一會兒就意識模糊了。

白斌湊過去，試探地抱抱他。

「浩浩？」

丁浩唔了一聲，連翻身都不翻身。白斌用手指揉揉他的額頭，中間那一點已經不紅了，也不知道還疼不疼。

丁浩已經徹底睡迷糊了，小手抓著白斌的病患服湊近，小臉也貼過去，口水幾乎都快流到白斌衣服上了。

白斌一點也不嫌棄他，笑呵呵地接受這個小朋友的「擁抱」。

真好，他就知道他的浩浩沒那麼小氣。白斌抱著丁浩，第一次笑著睡著了。

他很久沒有在這麼溫暖的時候睡著過，在記憶深處裡，在他還很小的時候，似乎有媽媽陪著才會讓他才這麼安心。

第二章 白斌家的丁浩

丁浩醒得很早，但是他不敢起來，因為他把白斌的病患服尿濕了，這他媽太丟臉了⋯⋯

丁浩都快哭了。他的確沒感覺，昨晚不就是多喝了一碗雞湯嗎？這一定是白露的詛咒，沒錯，一定是這樣。他丁浩好歹也是二十好幾過的人，怎麼就尿床了呢？

丁浩還在裝睡時，外面的醫生帶著護士來查房了。白斌似乎要起身，丁浩被逼急了，死命抓著他的衣服不讓他動。

開玩笑！白斌一起來，他不就露餡了嗎？不起來，打死也不起來！

丁浩躺在床上，壓著白斌不動，小臉都憋紅了。白斌大概發現了，身子僵了僵，忽然就不動了。丁浩想起了白少的潔癖，很有想再死一次的衝動。

奶奶，他丟臉丟到家了，他要回家⋯⋯

丁浩還在做最後的掙扎，被子忽然被人掀開。

「咦？我就說地上怎麼會有水，原來是上面有個小朋友的水管沒關啊，哈哈哈哈！」

我⋯⋯靠。

丁浩真的哭了，後面那個掀起丁浩被子的醫生老頭還像沒事的人一樣，拍了拍丁浩的小屁股。

「起來，起來，別裝睡了，呼吸脈搏都變快了。噯，眼瞼也有跳動反應，別裝睡啦！」

白斌坐起來時也把丁浩抱起來。丁浩不能再裝睡了，垂著腦袋使勁抓著被套，連耳朵都紅了，這模樣看起來還真的有幾分可憐。

畢竟白斌比他大兩歲，換好自己的衣服後，開始動手幫丁浩換褲子。旁邊的護士也拿了替換的小褲子幫丁浩穿上，又幫他們換了床單、被套，白斌的例行檢查也延遲了一會兒。

丁浩跟在白斌身邊，靠著他的小輪椅，垂著腦袋摳自己的小鞋子。他還沒從這個人生打擊的陰影中走出來。

那個拍了丁浩屁股的醫生張老頭又走過來，笑呵呵地逗他，「哎呀，沒穿開襠褲啊，要是再漏水要怎麼辦？」

丁浩喪氣地別過頭。白斌看他可憐，替他解釋道：

「浩浩不……平時不會尿床的。」

白斌大概是想到第一次見到丁浩的時候，這孩子就在洗自己尿髒了的床單，現在也不好說他不會尿床。

丁浩又一臉悲愴地摳著牆壁。

白斌體貼他的心情，檢查完腿後，也不敢當著他面猛擦猛洗，不過還是很委婉地幾乎快把丁浩刷下一層皮。幫丁浩洗澡的小護士還幫他在浴盆裡擺了幾隻塑膠鴨，撩起水來逗逗丁浩：「洗澡澡嘍～」

丁浩一巴掌拍翻了水裡的一隻鴨子。

小護士開心了，轉頭對一旁已經洗好了，跑來觀摩的白斌說：

「你弟弟真好玩啊，還跟小鴨子拍手呢！」淋了一點水在丁浩身上，笑呵呵地問，「小鴨子好不好玩啊？」

好玩個頭。

丁浩的心情還是很陰鬱，紅著身子，坐在浴盆裡悶不吭聲地拍鴨子。

白斌走過來摸摸他的腦袋，「浩浩還小，沒事，不丟臉。」安慰了半天，又保證不會說出去，尤其是對白露，絕對是一級軍事保密，丁浩的心情這才好了一點。

護士用大毛巾幫他擦乾淨，穿上白斌的小衣服。沒辦法，丁浩這孩子太皮了，過來時帶的那幾套衣服早就髒得沒辦法穿了。

白斌的衣服明顯大了一些，小吊帶短褲穿在丁浩身上就蓋過了膝蓋，短袖T恤也鬆鬆垮垮的，配上一雙小白襪子、小運動鞋，還滿惹人喜歡的。

丁浩嫌麻煩，綁好一條吊帶就往外竄。

白斌坐著小輪椅放風去了，他得跟去看看。

小護士推著白斌在花園裡散步，走沒幾步，迎面就來了幾個老頭，一把把白斌抱起來。

丁浩在後面拔花逗貓，看到這一幕也顧不得玩了，趕緊跑過去。後頭的小護士一把拉住他，指著他手裡的那朵花，點著他的鼻子念：「怎麼能搞破壞呢？真不乖。」

靠，那老子剛才拔的時候妳怎麼不說！

那小護士大概也是想逗小孩玩，不停戳著丁浩的小臉。眼見白斌跟那些老頭相談甚歡，丁浩急了。笨小護士，妳把老子放下！妳沒看到那幾個老頭肩膀上的花有多大朵嗎？妳沒看見他們後面的那一排警衛嗎？大腿都多粗啊……

丁浩看著用幾句話把老頭逗笑了的白斌，眼睛都紅了，也顧不得裝噁心，立刻轉頭放嗲了聲音對小護士說：

「姊姊，我這是要摘給我生病的小哥哥的……」一雙水汪汪的大眼睛睜得大大地，看著小護士。

「哎喲，真懂事！」小護士立刻被征服了，放下丁浩，還對他指了花叢裡最大的月季，「這個好看，你也摘給你小哥哥吧。」

丁浩看了一眼，搖搖頭就往白斌那邊跑。

「我要這些就夠了，謝謝姊姊！」

那種月季上頭有一堆的刺，妳想紮死老子啊！

小護士明顯想歪了，對丁浩的背影揮著手，還誇獎他，「多好的小孩，真懂禮貌！」

丁浩抓著一把雜七雜八的花，一溜煙跑到了白斌面前，遞給他。

「給你！」

白斌被嚇了一跳，拿著花愣了一下才摸摸丁浩的小腦袋，笑彎了眼，「謝謝浩浩！」

丁浩又從褲子口袋裡掏出一枝月季。這是他剛才特別留下來，最大最好看的一朵。

他雙手舉著，狗腿地遞到一個老頭面前，「爺爺，也祝您身體健康！」

那個老頭很是意外，拿著花的模樣跟他這身軍裝軟硬對比強烈，老頭眨眨眼睛，「我也有？沒想到我這把年紀了，還能收到花啊，哈哈哈！」

後面一群人都笑了，丁浩也咧著一口小白牙嘿嘿笑。

他早就看出來了，這個老頭是裡面軍銜最高的！老子要抱上這隻粗大腿，吃香喝辣……啊哈哈哈哈！

丁浩高興得臉上的酒窩更深了，這是多麼美好的未來啊！

那個老頭拍拍丁浩的腦袋，「小朋友，你叫什麼啊？」

丁浩立刻接道：「我叫丁浩，白斌家的丁浩！」小臉一本正經地看著老頭，不放心地拉著他的手多囑咐了兩遍，「爺爺您要記得喔，不能忘了我啊！」

後面幾個老頭被他逗得不行，圍成一個圈，一個個輪流抱了抱丁浩。

丁浩這個孩子從小就長得不錯，要不然怎麼會讓白少掛念他一輩子。那張小臉蛋不說話的時候真的能唬弄人，唇紅齒白，鼻子是鼻子，眼睛是眼睛，幾個家裡有孫子的老頭抱著丁浩，不由得想起了那個在家裡到處亂竄的皮小子，用鬍子紮了紮丁浩，笑著逗他，「改天跟你白斌哥哥去爺爺那裡，爺爺家也有跟你一樣大的小子，你們一起玩啊。」

丁浩自然是滿口答應。是高官啊，那他以後得多了不起啊，丁小浩高興得快轉起圈了。也有回過神來的老頭扯開大嗓門，對丁浩大聲嚷嚷：「不對啊，丁小子，你說你是白斌家的，怎麼不是姓白，而是姓丁呢？」

老子又不是入贅，當然不姓白！

丁浩在心裡翻了個白眼，嘴上卻答得很甜、很天真，「因為我跟白斌哥哥住在一起啊，是吧？」

他還不忘找盟友，一雙眼睛對白斌眨了眨。白斌也不知道有沒有領會到他的意思，看著抱著丁浩的老頭，「浩浩不是我弟弟。」

丁浩急了，蹬著小腿就要從老頭身上下來。

白斌！沒有人像你這麼拆臺的啊！老子借你這棵大樹乘乘涼又怎麼了？好歹我都打算跟

你混一輩子了……

「但浩浩是我們家的。」白斌看著丁浩補了半句，一雙眼睛微微彎著。

丁浩的小耳朵頓時紅了，趴在那個老頭肩膀上摳他肩章上的鐵花。

沒……沒有人這樣突然襲擊的啦！

◇

丁浩只用了幾天，就跟那幫軍區來的老頭們打好了關係。那張小嘴啊，甜得像抹了蜂蜜似的，一口一聲爺爺，喊得比誰都還親。

丁浩第一個看準了的老頭，身分果然了不起。

S軍區的第一把交椅，兒女都很爭氣。老頭這次是來做例行檢查，療養身體，而丁浩三天兩頭地往這邊跑，他也不嫌煩。有段時間沒看到丁浩，還叫人來叫他，有什麼水果糕點也留給丁浩，真的把他當成自己的孫子疼。

「噯，小丁浩，把這個拿去。爺爺老啦，吃不了這個！」

老頭伸手叫來從自己門口路過的丁浩，指了指快擺到走廊上的碩大水果籃，最小的一個也快跟丁浩一樣大了。

這、這就是長官的待遇啊！

丁浩酸溜溜地看著那一片果籃跟營養品禮盒，不客氣地開始拖最大的一個。

「謝謝爺爺！」

老頭興致勃勃地看著丁浩拖著比自己高出一顆頭的果籃。而丁浩憋紅了小臉，也沒讓它移動多少，只好悻悻然地罷手，從那個籃子裡拿了最醒目的火龍果，抱在自己懷裡走了。到了門口，還跟老頭客套，「爺爺您身體不好，還是留給您吃吧。我拿這一個就好了。」

老頭很高興，對丁浩揮手說：

「好啊，那爺爺把這個大果籃留給你，你什麼時候沒事就來這裡搬啊。」

你看老子搬果籃看上癮了嗎……丁浩看了看自己的小手小腳，忽然懷念起自己以前那副身軀。

我什麼時候能長高啊？唉。丁小浩一步三搖頭，又去高級病房區閒晃，尋找自己的潛在人脈。

丁浩老是往外跑，導致白露小妹妹再來看她哥的時候明顯不高興了，對她哥耍小心機。

「哥，丁浩怎麼老是在外面跑啊？一點都不照顧你，我們回家，不跟他玩了。」

丁浩正捧著不知道從哪裡拿來的一盒草莓走進裡面，用腳踢開門就開始跟白露槓上。

「嗳嗳嗳，在說別人壞話啊？我都聽見了啊！」

小女生的心思還很單純，一下子漲紅了臉，跑去跟她媽收拾東西了。

今天白斌要出院了，雖然是星期五，但白露還是哭鬧地跟來了。

白斌也在收拾東西。腿上的傷口結了疤，基本上能下床了，看到丁浩進來就叫他過去。

「浩浩，今天我們回家去住，醫生幫你也開了點藥，你拿著，別忘了吃啊。」

丁浩接過裝藥的塑膠袋。醫院都喜歡來這招，要出院了才給一大袋成藥。補藥什麼的，吃不吃其實都沒什麼用。丁浩翻了兩下，立刻停下來，抓著一盒兒童優酪乳，眼睛都氣紅了，「這是哪個醫生開的啊？這、這是藥嗎！！」

那時候，兒童優酪乳還是禮品，用小玻璃瓶裝的。拿個砂輪割開，插上吸管喝，就是哄小孩的玩意兒，說是能增強免疫力什麼的。

尤其是丁浩家那邊的廣告，打得更玄，什麼喝了會增加智力，第一天喝了，晚上就不會尿床之類的。丁浩小時候很常喝這個，看到這個白盒子就生氣。

白斌正在把折好的衣服放進包包裡，聽見他說話，回頭看了一眼。

「喔，這是張醫生送給你的，說是小孩常喝這個……呃，對大腦開發好。」白斌猶豫了一下，還是換了個說法。

「張老頭？」

丁浩怪叫一聲，立刻想起了那個當眾掀開自己被子，讓自己尿床的事蹟曝光的死老頭，氣得眼睛都瞪圓了。

「他肯定不是這麼說的！他是不是說我喝了這個就不會尿床了？是不是！」

白斌不說話了，默默地折衣服。這就等於是默認了。

新仇舊恨啊！！丁浩抓著那個盒子氣得就要往外衝，「我要去找他！」

白斌在後面抱住他，小心地哄他：

「浩浩別鬧了，我們等等要走了，萬一你跑丟了怎麼辦？我可找不到你。」

丁浩還沒緩過氣，癟著嘴，委屈得像什麼似的。

「尿床後被笑的又不是你！」

白斌安慰他，「我小時候也會尿床，沒事。」

丁浩有興趣了，用手戳戳他，「噯，你幾歲還尿床？說說看，說說看啊！」

白斌臉紅了一下，支支吾吾半天，「一歲多吧，我爸說的，我記不清了。」

丁浩伸手架了他一記拐子！

靠，你耍老子嘛！一歲多時，老子還沒斷奶呢！！

之前說過，丁浩小朋友是在溺愛中灌溉長大的，而這裡的溺愛當然有丁浩媽媽的努力。

在她狠心丟下丁浩，去A市學幼教之前，丁媽媽對丁浩的溺愛絕對不比丁奶奶少，以至於丁浩的斷奶期遠遠長於旁人，是在一歲零八個月才斷奶。

那時候，已經懂事了的小丁浩哇哇大哭，看著他媽在他的口糧上抹辣椒油，這才哭哭啼啼地斷了奶，而丁媽媽陪著兒子哭了好一陣子。

丁浩跟白斌回他家之前，還是忍不住報復了張醫生——他扔了一顆泡泡糖到張老頭的嘴裡。

這個屁孩太缺德了，張老頭的牙齒本來就不太好，一覺醒來，泡泡糖把他上下兩排大牙都黏起來了，直接跑了一趟牙科才解決問題。

張老頭徹底被這孩子的報復能力震撼到了，以至於後來丁浩跟白斌來他這裡買什麼藥，看什麼說不太出口的病時，這個老頭沒少難為丁浩。不過這也是以後的事了，丁浩現在還沉浸在自己的戰果當中。

哈哈，誰叫你揭發我尿床！張老頭你活該啊！！

到了白斌家，丁浩自然是繼續跟著白斌混。他搬著自己的那包小行李，跟白斌走進他的那棟房子。

是棟兩層樓的小洋樓，前面是一大片草坪，跟周圍的小洋樓隔著一段距離。丁浩趴在二樓窗戶前，開始感慨，畢竟是二十年前，這塊地竟然也捨得浪費。

還沒清閒一會兒，就聽到樓下滴滴的轎車聲音。好吧，三輛轎車排成一排，停在白斌家樓下，不知道的人還以為在拍黑社會電影呢。

丁浩一直不明白為什麼官僚公務車總是弄成黑的，多難看，萬一哪天穿了白西裝出門，那不就像奔喪一樣？

正當他想像著中間那輛小黑車裡，出現一個穿著雪白衣服的人時，小丫頭頂著羊角辮，開開心心地衝進來。

「哥！」

丁浩差點被自己的口水嗆到。

呸呸呸！才剛亂說話，想到奔喪，白露就朝白斌奔過來了。

白斌從門口探出頭喊丁浩，「浩浩，爺爺他們來了，我們下去吃飯了。」

白斌一家有四人，白斌跟著他爸，還有一個跟丁浩差不多大的弟弟，叫白傑。白傑從小身體就不怎麼好，因為他媽媽實在放心不下，生意再忙也要帶上白傑，所以一年到頭白斌跟他媽也見不到幾次面，更別說他那體弱多病的兄弟了。

白斌的個性冷淡，自主能力很強。白斌他媽剛開始回來，還覺得很對不起他，想跟他親近親近，但是這孩子都只說個「嗯」、「啊」，再檢查一下功課什麼的，科科都優秀，有她這個媽跟沒有一樣，實在不用她操心。時間久了，白斌他媽也就灰心了，好歹還有另外一個兒子跟她親，白斌也就讓白書記帶了。

白斌爺爺為了這件事，常常把白斌爸媽拎到面前訓斥。但是，無奈兩個人都是高幹子弟出身，誰也不服誰，都想爭闖一片天地，白斌爺爺也就聽之任之了。

白書記一個人帶孩子，要送去學校還有司機幫忙，但做飯就真的沒有那個工夫了。白斌爺爺立刻把自己家的保姆吳阿姨送過去，讓她照顧白斌，心裡更是心疼。有時候出門也只帶著他，以至於白斌的氣場幹練得不得了，說實話，的確比白書記還強一點。

白斌爺爺坐在飯桌主位上，白斌他爸坐在旁邊，而白露也跟著她爸媽老老實實地入座。

丁浩咂舌。這架勢一看就不是普通人家，也趕緊跟著白斌坐下。

吳阿姨四十幾歲的樣子，看起來很和藹可親，把菜一一端上，還特意在丁浩碗裡多放了一隻可樂雞翅，囑咐他多吃一點。

丁浩用筷子夾起雞翅，沒啃幾口就掉了。夾起來繼續啃，又掉。

他急得抓耳撓腮，這怎麼好意思啊，第一次跟白斌家人吃飯就丟臉，那可不行。那要隨便填一點東西，委屈一下？丁浩的小肚子咕嚕一聲抗議，不行！

他正著急，就看見白露小朋友抓著雞翅吃得很開心。丁浩一拍腦袋，對喔，他現在也在上幼稚園，完全可以用手吃飯！

丁浩心裡像突破了盲點一樣，左右開攻，吃得開心極了。白露跟他較勁，硬是多吃了半碗飯，連白斌都比平常多吃了一碗飯。

白老爺子看得很高興。

「看來孩子多了，一起吃飯好啊。你叫浩浩是嗎？很喜歡吃雞翅嘛，多吃點！」

白斌立刻又幫丁浩夾了一隻，丁浩啃著雞翅直點頭，還不忘拍馬屁。

「爺爺，你家的雞翅真好吃！」

白斌看到丁浩碗裡的排骨沒動，又問他，「這個不吃了？」

丁浩點點頭，大塊的吃起來不好吃，他就愛吃雞爪、鴨脖、雞翅之類的，味道都滲進去了，多好吃啊。

白斌很自然地夾起丁浩碗裡的排骨吃掉。白家飯桌上的傳統，絕對不可以浪費糧食，浩浩這樣會被他爺爺罵的。

白老爺都看傻了。他的寶貝孫子什麼時候這麼體貼，這麼不嫌棄人了？他可是記得白露當初喝了白斌一口礦泉水後，他連碰都沒碰過那個小瓶子，更別說是外人了。

白老爺子對丁浩更和藹了，親自幫他夾了最後一隻雞翅。

「我聽說，你爸爸以後也要搬來城裡上班？很好，很好，以後多來陪陪斌斌啊。」

丁浩含著雞翅眨眼睛。

他爸要來城裡上班？不是還有兩年嗎？是在他上小學的時候來的啊！吃飯吃到現在，白斌終於露出第一個笑，看著丁浩高興地說：

「浩浩，真好，我們今後能一直在一起了！」

咦？咦咦？？？？？

◇

丁遠邊也不知道是不是沾到了丁浩的好運氣，一路非常順利地升遷，調到了市委這邊工作。雖然職務比以前低了一點，但也算不錯了，起碼薪水比之前高了不少，再加上丁浩他媽學習回來，也決定在市裡的小學工作，丁遠邊想了半天，決定先找個房子。

但丁遠邊的房子還沒找好，丁浩就開始鬧了。

丁浩設想得非常美好，他要好好讀書，天天向上，爭取考進世界一流學府，但是這偉大的目標理想，差點就夭折在他爸要送他去幼稚園的路上。

他躺在地上打滾哭鬧。

「我不去！我不去！！我才不要上幼稚園，我要跳級上小學！！我要去學校，不去幼稚園！！！」

丁遠邊被他鬧到頭痛，揉著額頭忍住怒氣哄他：「走走走，我帶你去學校！」

丁浩聽到後也不起來，抬起頭問：「去花園路那個？」

花園路那個是小學，桃園路那個是幼稚園，兩個隔著半個城鎮的距離。

「對，花園路那裡。」丁遠邊耐著性子哄兒子。

丁浩試探地放鬆了半隻手，還在跟丁遠邊討價還價。

「爸，說好了啊，誰騙人誰就是小狗……」

丁遠邊怒了，一把抱起丁浩，夾在腋窩就是幾巴掌。

「你這小兔崽子，給我老實地去上學！！」

「爸、爸，老爸啊！您就讓我去小學吧，您給我個機會啊，萬一我真的是神童呢？」

丁遠邊一路上被他鬧到實在受不了，終究還是半路下了公車，帶著丁浩去花園路。

花園路上最有名的就是實驗小學，丁遠邊進去找老師說明了情況，又一而再再而三地強調只是試試。

老師很樂意，「主動要求上學是好事啊，前陣子也有個孩子破格上小學了，你們是聽說了，也來試試的吧？」

丁遠邊還沒說話，丁浩就搶先點頭回應：

「是啊、是啊，我爸老是跟我說實驗小學有多好、多好。老師，我真的想上學，您就讓我試試，我保證不比別人差！」

丁浩此刻拍著小胸口，連丁遠邊心裡也隱隱覺得有機會。起碼這孩子的動機良好，吐字連貫清晰啊。或許帶丁浩來實驗小學真的沒錯，於是他就站在一旁看兒子發揮。

老師饒有興趣地看著丁浩，「好啊，就試試吧。來，背誦一遍《三字經》來聽聽！」

丁浩倒吸一口涼氣。這……這誰會啊！！

那個老師還很有耐心，心想著或許是這家老人術業有專攻，培養的是其他的詩歌誦讀？猶豫了一下，又問：「那《百家姓》？」

「……」

丁浩的臉色都鐵青了。

老師不高興了，這是跑來這裡耍人的嗎？抬手就要趕丁浩他們離開。

「您看，我們這裡也很忙，要不然您先去桃園路那裡看看？」

丁遠邊一張老臉憋得通紅，一手扯著丁浩，一邊向老師道歉。

「真對不起，耽誤您上課了……」

「我背一遍九九乘法可以嗎？」

丁浩撐著小腦袋，還是不死心。那個老師的脾氣也好，真的拿了張椅子，讓丁浩站在上面背了一遍。沒辦法，丁浩的身高太矮，低頭看他很累。

背完了九九乘法，又來了一段「啊我鵝衣吾魚」，最後還唱了「我們都愛ＡＢＣ」。周圍的老師一片鼓掌，丁遠邊也高興地拍手，「老師，您看這孩子能上小學了吧？」說話也比剛來時有底氣多了。

老師有些為難，支支吾吾地不太想受理，丁遠邊就不高興了。

「您剛才可不是這麼說的啊，您不是說，也有跳級讀書的嗎？怎麼我們家丁浩就不行？這孩子剛才可是照您說的，都背出來了，您可不能欺騙祖國的花朵。」

老師連忙擺手。我可不是在騙孩子啊，實在是您剛才來的時候，沒和我們說清楚孩子的年齡。

老師又和丁遠邊解釋了一下。這間實驗小學是全托式小學，人家孩子說是跳級，其實也沒跳多遠，就跳了一年半年，六七歲的孩子在學校裡還比較好管理，最起碼老師說什麼，他不會哭，他會聽啊！您讓丁浩這麼小的來讀，跳個兩年多，不太合適吧……

丁遠邊高興了，他正在煩惱剛找到的房子距離很遠，接送丁浩不方便呢，現在就找到一個全托式的小學，比去幼稚園還實惠！不等老師說完就連忙道：

「老師您儘管放心，我們家的孩子別的不說，絕對不會哭，真的，我在家打他都打不哭……」

老師頓時被堵得說不出話來，又向丁遠邊解釋：

「我不是這個意思，我們絕對不體罰孩子，實在是年齡太小了，我們之前也沒考慮到，我們這裡住宿還包括了週末、節假日什麼的，孩子太久見不到您也……」

丁遠邊聽得兩眼放光，更是不願意放棄這個機會，丁浩也眼巴巴地看著老師，一副「我很渴望上學」的失學兒童模樣。

老師們討論半天，最後沒辦法，只好帶丁浩跟丁遠邊去找校長，不過一推開門就見到了熟人。

「哎喲，兩天不見就追過來了？」

白斌家的司機看到丁浩就開心。他是和白書記一起來送衣服給白斌的，正站在門口等白書記。

白老爺子聽天氣預報說今天會降溫，非要叫司機送衣服來給白斌。正好白書記回到家，也幾天沒見到兒子，就親自來了。

白斌手裡拿著一件小外套，看到丁浩來也不走了，走過去上下打量著，忽然摸了摸丁浩的腦袋笑道：

「好像又長高了。浩浩在家肯定不想我吧，看起來胖了。」

丁浩的腦袋被他揉著，覺得這小蘿蔔頭的身高很是彆扭。好歹以後也會跟白斌差不多高啊，怎麼這個時候這麼不爭氣啊？

白書記看到丁浩也覺得親切。再怎麼說，也是在自己家吃喝了將近一個月的小傢伙，打量幾眼後，的確跟白斌說的一樣，剛接回去幾天，似乎又長大了一點。他抱過丁浩問：

「怎麼，想你斌斌哥哥了？哈哈，肯定是吵著要你爸爸帶來的吧？」

丁浩在白書記懷裡裝傻，嘿嘿笑著，白斌在一旁倒是真的笑了。他很久沒在外人面前笑得這麼開心，白書記看到了也高興。

白斌就是太令人省心了，他有時候覺得，能讓自家兒子多笑笑也很難得，再看丁浩就覺得更親切了。這個小開心果，真是可愛啊。

丁遠邊沒想到會在這裡碰見白書記，聽見他問，連忙把事情的經過說了一遍，省去了丁浩在家鬧的那一段，強調丁浩想上學的願望和背誦九九乘法等突出的表現。

白書記聽完，果然很驚奇，看著在自己腿上的小不點，「還會這麼多東西啊？不簡單，不簡單，我以為浩浩只會啃雞翅呢！」

丁浩坐在白書記腿上，也跟著笑了，但丁遠邊羞憤交加，恨不得抱過自家丟人的玩意兒回去，再打一頓巴掌。他就知道丁浩從小就不知道什麼叫客氣，眼淚在心裡嘩啦啦地流淌著。

校長坐在旁邊，聽完那幾個跟來的老師彙報，又問了丁浩幾道加減法的題目，看白書記跟丁浩一家很熟，也就應允了。

這沒什麼大不了，無非是怕丁浩小，住校會想家、哭鬧什麼的。

白斌拉著丁浩的手，續道：「浩浩想家的話，就先到我那裡去吧。家裡也方便，吳阿姨也在，完全可以照顧他。」

丁遠邊只當白斌是客氣，沒想到白斌在白家的發言權和自主能力是多麼強大，乃至後來他家那不爭氣的兒子，當天就包袱款款，跟去了白斌家。一住就是好幾年，後來也就沒回來過……

這又是後話了，我們不說。丁遠邊現在對白書記和校長謝了又謝，校長也樂得做個順水人情，摸了摸丁浩的腦袋，又對白斌說：「你帶丁浩去教室吧，也讓他熟悉一下。」

白斌點頭，拉著丁浩的手就走了。

校長是覺得丁浩太小，讓熟悉的朋友帶他看看環境什麼的也好適應。白斌又比同齡孩子成熟得多，這件事肯定能辦好，但他沒想到白斌也會犯小錯誤。

白斌跟丁浩在一起久了，也不覺得丁浩小，就直接帶丁浩去了他們班——白斌剛開學，剛升上二年級。

丁浩高興了，也不戳破，搬了張椅子在白斌身旁坐下，美滋滋地融入他的小學生活。

等到後來，校長找遍了一年級都沒找到人，上來詢問的時候，從後窗戶一看。哎喲！小傢伙正在回答老師的問題呢！站起來和別的小孩坐著時一樣高，抬著小腦袋，答得很流利。

那模樣要說多神氣，就有多神氣！

校長摸摸鬍子，看著白斌幫他拉椅子，扶著小身子，怕他摔倒的小心模樣，忽然覺得他比專門請個保育老師還認真細緻，再看看丁浩寫字聽課的模樣，也的確有幾分機靈。

好，那就這樣吧。

◇

丁浩上了一個星期的課，老師安排周到，白斌更是對他照顧有加。有了這種帶頭作用，丁浩在學校的日子過得還算不錯，至少比之前被小屁孩們扛著，扔進河裡好上許多。話又說回來，城裡的小孩就是乖一些，比李盛東那臭小子好多了，沒了天敵的丁浩茁壯地成長著。

丁浩之前上的小學是和李盛東同一間，後來他爸調職，把他轉到市裡的學校來。那個時候還是因為他爸跟白書記的關係，他才逐漸跟白斌熟悉起來。現在事情稍微有些不同，但是相差也不大，他還是在這間實驗小學讀二年級，只是之前跟李盛東搗蛋的歷史一揭而過。

丁浩很滿意現在的生活，他深刻地覺得李盛東這孩子太壞了，就是社會的蛀蟲啊，跟他待久了是會被傳染帶壞的。他得跟著白斌這顆大樹一路向著陽光雨露，遠離李盛東那顆長歪的樹。

跟著白斌的日子很悠閒，丁浩白天跟著一幫小孩翻翻課本，偶爾舉手回答問題，享受一下孩子們童真而仰望的目光，晚上就跟著白斌揹著小書包回家。

——當然是白斌家。

丁遠邊不是把他全托了嗎？這句話完整地說出來就是：全託給白斌了。所以，丁浩的日子是絕對的兩點一直線：學校、白斌家，白斌家、學校，多規律啊。

白斌家司機也很喜歡丁浩，每次見到都逗他，「丁浩，回家啦？」

丁浩的臉皮也厚，完全沒有一點不好意思的覺悟，爬上後座還對小司機點頭。

「啊，對，回家！」轉頭又問白斌，「吳阿姨準備了什麼好吃的給我們？早上是不是說有滷雞翅啊？」

一說到吃，小眼就開始放光。他得好好長高啊，這以後是多麼大的依靠，萬一發生家暴什麼的還可以反抗，不是嗎？

上輩子的白斌可是能文能武，以丁浩目前長身高的勢頭可壓不住他。

正在心裡嘀嘀咕咕，白斌跟在後面提著兩人的小書包，也坐上來了。

那時候作業也不多，下課休息十分鐘就夠兩人寫完了，況且丁浩有作弊的嫌疑。一個大學生寫點小學作業算難嗎？

白斌把書包推到一邊，看到丁浩那亮晶晶的一雙眼，忍不住笑了，「你只最記得這個。

是滷雞翅，都給你。」

丁浩抓抓腦袋，「別啊，你也可以吃一隻……啊不，多吃幾隻，別跟我客氣。」

小司機在前面憋笑，要是有人不知道，還真的以為白斌是來丁浩家做客的。白斌哪會跟丁浩爭這個，如果不是吳阿姨說丁浩這樣算偏食，不利於身體健康，他恨不得天天給丁浩吃雞翅、雞爪、鴨脖，因為看到丁浩高興，他心裡也很開心。

白斌摟著丁浩，摸摸丁浩的腦袋，感受手底那細細軟軟的毛絨，眼睛裡又帶著笑，「我不吃，都給浩浩吃。」

丁浩看著小蘿蔔頭的白斌，老老實實地在他懷裡，讓他摟著。

白斌有這種習慣，喜歡靠著什麼、抱著什麼，好像天生怕冷一樣。但丁浩以前不喜歡白斌碰他，還曾為了這點跟他打一架，後來白斌強吻了他……

再後來，他知道白斌不是什麼人都肯抱，也知道了原來世界上，男人還可以跟男人在一起這種事。

小蘿蔔頭的白斌顯然不能理解丁浩為什麼突然不說話了，只是用自己的小手抱著丁浩，更收緊了一些，像是在確定丁浩睡著了沒一樣，小聲地叫他，「浩浩？」

「嗯。」

他上輩子造了什麼孽，竟然把白斌折磨成那副德行。

白斌的笑，是從他生日那天，跟自己告白後徹底消失的吧？白斌，上輩子犯下的錯，我這輩子全都補償你。

白斌很喜歡抱著丁浩的感覺，從某種程度上來說，白斌喜歡那種被人依賴的感覺，只是這個特定的人他挑剔得很，上輩子的丁浩、這輩子的丁浩，他要的只是丁浩，雖然現在他還不清楚自己以後的決心，不過這份喜愛的感覺是不會弄錯的。

白斌抱著丁浩，被他軟軟的小手臂纏著，整個人都暖洋洋的。他試探地問：「浩浩，要下車了，我抱你下去？」

丁浩哼哼兩聲。反正他賴定了白斌，這種歪風乾脆從小做起。

丁浩被白斌托著屁股抱了起來，吳阿姨看到，連忙要接過去。

「可別摔到浩浩了。浩浩，都這麼大了，怎麼還讓哥哥抱呢？」

丁浩扭了扭，從白斌身上下來，撲到吳阿姨身上去。

「阿姨！我要吃滷雞翅！」

這才是衣食父母啊！丁浩眨著眼睛。

他以前怎麼不知道吳阿姨手藝這麼好呢？早知道就來蹭飯了。

晚飯吃得果然痛快，滿滿一碗尖起來的筍尖配滷雞翅，丁浩小朋友自己幹掉了一半，放進一點點吳阿姨自己調的辣椒醬，味道棒得沒話說！

丁浩的嘴巴辣到紅紅的，吸著口水還不肯離開飯桌。白斌看不下去，又偷偷抓了兩隻放到他的小盤子裡，這才讓丁浩心滿意足。

丁浩舔著手指頭，心滿意足地躺在床上。白斌洗漱完後正在換睡衣，看到他賴皮的模樣走過去捏著他的鼻子，「快去洗澡，明天早上我去幫你偷雞翅。」

「我不要，我自己也看到吳阿姨藏在哪裡了。」

丁浩還在床上拍著小肚皮。

吳阿姨怕丁浩偏食，現在發雞翅都是給他定量。白斌每次都幫他偷拿或提一點小要求，無非就是不可以在他床上吃東西、東西不能亂丟什麼的，丁浩一開始還會聽，現在都賴皮成性了，也因此，白斌的潔癖現在沒那麼嚴重了。

白斌沒辦法，陪他在床上坐著，看丁浩自己摸著小肚皮，也好奇地伸手去戳了戳他軟軟的那團肉，細細嫩嫩，又戳了戳。

丁浩不開心了，用手打他，「幹嘛幹嘛？我又不是青蛙～」

白斌看著他氣鼓鼓的樣子，又看看他雪白的小肚皮噗哧一聲笑了，丁浩叫了一聲，撲上去咬他。

「不許說像！敢說我咬死你啊！」

丁浩那張小嘴咬人也不會怎麼樣，他只是跟白斌鬧著玩，沒有要咬的意思，在白斌手臂上印下幾個濕漉漉的小印子就算了。白斌揉揉他的腦袋說：

「浩浩，晚上跟我一起睡好不好？」

丁浩開始掙扎，左顧右看，不談正事。

「我、我那邊是新被子，還有米老鼠呢。」

他跟白斌的都是吳阿姨幫忙準備的，一個唐老鴨、一個米老鼠。

「那我去幫你搬過來？」

「我的枕頭也是新的……」

「嗯，一起搬過來。」

「我……」

丁浩還沒說完，白斌就抱著他拱了拱。

「一起睡吧，好不好？」

丁浩覺得自己被白斌那雙瞇起來，像小扇子一樣的睫毛晃暈了眼，看著他微微揚起的嘴角，自己也笑了，也拱了拱他。

「好。」

◇

丁浩早上迷迷糊糊地被人吵醒了。

外頭的人堅定不移地敲著門，丁浩把腦袋埋進被子裡繼續睡。不過白斌也醒了，今天是星期天，吳阿姨會特意讓他們多休息一會兒，應該不是她。那麼，星期天會來的人就只有一個。

「哥！哥！哥，你起床了嗎？」

白露的聲音甜美依舊，丁浩哀嚎一聲。這個死小孩怎麼像在定點報時一樣啊？準時七點來報到，她怎麼就不嫌累啊！

丁浩還在磨蹭，白斌就揉著眼睛，下床去開門。

「白露，妳這麼早就來了？」

白露今天穿著帶有荷葉邊的小毛呢裙子套裝，頭髮披散著，沒綁起來，有幾分可愛，看著白斌兩眼放光：

「哥，爺爺也來了，都在下面等你呢！我今天學了好多東西，第一個就要背給你聽……你你你怎麼在這裡？啊！」

白露看到丁浩在被子裡，一探頭，聲音瞬間拔高，恨不得將屋頂喊破了。

那個恨啊，那個咬牙切齒啊，要不是白斌在這裡攔著她，恐怕她都想撲上去，咬死丁浩了。

丁浩則被她盯得汗毛都豎了起來，又把被子往上拉，「嗳、嗳，白露！妳幹嘛……」他只是在這裡睡一覺，又怎麼了？以前……以前白斌求他，他都不留下的！這分明是老子虧了！丁小浩一大清早被抓包也很鬱悶。

「等十分鐘。」白斌看了看錶，絲毫不猶豫地把小堂妹拒之門外，看到丁浩還頂著亂七八糟的頭髮縮在被窩裡，也把他拖出來，「浩浩快去梳洗。爺爺來了，我們得下去。」

由於白露像門神一樣守在門口，丁浩也只能跟白斌在這個房間裡的小洗手間迅速解決。這還是他第一次跟白斌擠在一起洗臉、漱口，丁浩有點不太自在，轉眼看白斌沒什麼反感，也就釋然了。

白露小妹妹是上雙語幼稚園，在那時候還是很值得炫耀的。裡頭有兩位金髮外國人，小朋友們在下課時都會像在看大熊貓一樣看老外，用嫩嫩的鼻音學著念半中半洋的兒歌。其中，白露念得最好，大星期天的把全家都叫到白斌家來，就是來炫耀的。

小女孩穿著整整齊齊的小裙子，站在那裡，下巴仰得高高的，開始背兒歌。

「小猴子，上樹去～給爸爸摘個屁吃～給媽媽摘個屁吃……」

「噗——」丁浩沒忍住，一口牛奶就噴了。

白露怒了，「你幹什麼！不給你摘個屁吃！！」

丁浩笑到肚子痛，連連擺手。

「我不吃，我不吃，您留著自己慢慢吃吧，啊，哈哈哈……哎喲，白斌我不行了，借我靠一會兒……啊哈哈哈哈！！！」

丁浩笑到打滾，吳阿姨也聽得嘴巴直顫，不過人家給小女生面子，咳一聲就算了。

「給爺爺摘個屁吃……」

白老爺子的臉色也不大好看，教訓白露爸媽一頓。

「你們讓孩子上的是什麼幼稚園？怎麼還教孩子罵人啊？不行就趕緊換一家！」

白露爸媽趕緊幫忙解釋：

「爸，這是雙語兒歌，『屁吃』是桃子的意思，白露是說要摘個桃子給您吃……」

白老爺子還是很不自在，嘟嘟囔囔地說這外國人教不出好玩意兒。白露這丫頭很機靈，她媽一對她使眼色，立刻換了幾個唱歌跳舞的，唱唱跳跳，把氣氛扭轉回來。白老爺子這才開心了，「露露唱歌不錯，跳得也好看！」

白露眼巴巴地看著白斌，小手抓著裙子下襬，像在看評審打分數一樣。白斌也看著她笑了笑，「滿好的，露露很厲害。」

小女生這才笑了，轉頭撲到她媽懷裡，嘿嘿笑個不停。白老爺子也開心了，「露露這麼喜歡妳哥啊？」

白露在她媽懷裡探出小腦袋點點頭，「是啊，是啊。」想了想又加了一句，「等我長大，也要跟我哥一樣天天考一百分。」

丁浩在白斌背後對她吐舌頭。

妳這個黃毛丫頭知道什麼啊！以後的考卷都是一百五十分，你哥要是科科都考一百，妳就等著哭吧，哈哈！

小女孩看丁浩不順眼，扭頭跟白老爺子商量，「爺爺，讓丁浩去我家吧？」

白老爺子有了興趣，「怎麼，露露也喜歡丁浩哥哥嗎？」

小女孩嘴角撇了撇，手指著丁浩，很直白地表達自己的意思，「讓他去我家，我留在這裡陪我哥不行嗎？」

白露她爸受到了刺激，一把抱起寶貝女兒，蹭著她的小臉嘟囔：

「露露要哥哥，不要爸爸了？」

白露她媽也湊熱鬧。

「露露要是留下來，那妳昨天剛買的小熊餅乾也都會被浩浩哥哥吃光喔，啊嗚！一口都吃光！」

丁浩的頭上垂下三道黑線。老子是多會吃啊？怎麼樣，白露妳這個死孩子回去都是怎麼幫老子宣傳的！！

看著白露表演，吃完了早餐，白老爺子又送了禮物給他們每個人。白露的是個洋娃娃，白斌跟丁浩的是小霸王遊戲機，有兩個手把，可以在一起玩。丁浩饒有興趣地看著這東西，小學生的最愛啊。

插上卡，電子音樂響起，超級瑪麗，開打！

玩這個遊戲需要技術，我們的目標就是：踩怪，頂金幣，吃蘑菇，變身！帶坐騎！騎獅子！跳火圈！！

丁浩一路玩得很開心，白斌陪著他，偶爾也湊過來一起玩，漸漸地，大有超過丁浩的勢頭。

丁浩在第N次為了躲怪，差點把白斌房裡的袖珍小電視和手把的線一起扯下來的時候，終於承認了——這世界上，智商果然是無法超越的東西。

丁浩酸溜溜地看著白斌一關一關地拉小旗子，忍不住過去搗亂，「該我了，該我玩了啊！」

白斌舉高了手把，「我再跳個火圈，浩浩，就等一下……」

白露舉著洋娃娃，對丁浩腦門敲了一下，「不許欺負我哥！」

洋娃娃的做工好，軟綿綿地敲起來不洩恨，她又打了幾下。

丁浩在那邊哼了幾聲，「左邊、左邊，敲起來滿舒服的，再來幾下。」

白露氣得不敲了，眼睛一轉就冒出一個點子，「要不然你玩這個，我跟我哥玩遊戲？」

丁浩看著她，想到白露之前把自己形容成吃貨的前塵舊恨，不由得惡從膽邊生，抱著白斌就往他臉上啃了一口。這次是真的啃，都留下了小牙印。

丁浩一擦嘴巴，很大爺地看著白露，「我～才～不～跟～妳～換！」

白斌握著遊戲機手把也愣了一下，但很快又轉移視線到遊戲上，臉上的口水也沒擦，繼續騎著小獅子跳火圈。

白露的雙眼睜得老大，嘴巴也闔不起來，半天才握著拳頭氣道：

「你不要臉！！」下一句就帶出了真正的目的，「我、我也要親！！」

「不行，男女授受不親，妳沒看過電視啊？」

「那男男授受就能親了?!」

「那當然！」

「丁浩，你……你不要臉！不要臉！不要臉！」

白露小堂妹哭著回家去了。丁浩揮著小手在門口送白露，一口小白牙咧著，嘿嘿直笑。

「再來啊，白露！」

小女孩趴在她爸肩膀上，偷偷對他吐口水！她這輩子沒見過這麼壞的人，小女生恨恨地想著。

丁浩也不在意，對白露還是很親切地相送，白老爺子倒是有點看不下去了，拍拍白露的小腦袋，「露露，要對丁哥哥有禮貌！」

白露扭過頭，憤憤流淚。

丁浩對白老爺子還是很有禮貌。

「爺爺沒事，露露還小呢。再說了，白斌的妹妹就是我妹妹啊！對吧，白斌？」

白斌看了看丁浩，默默地點點頭。他察覺到有一點不對勁，可是又說不出是哪裡不對，只能順著丁浩的話往下說，「嗯。」

丁浩笑得眼睛都瞇起來了。

以親戚關係來說，白露她媽是白斌的親姑姑，白露是白斌的親堂妹，丁浩能不開心嗎？他是沒辦法為白斌生孩子，但白露要是生了，那就只會生出一個傻子！哈哈，白老爺子肯定不會想要傻子，還不如沒有呢！這潛在威脅不存在啊。

丁浩覺得白露看起來也順眼了許多，多可愛的小堂妹啊。

◇

丁媽媽要回來了，丁浩星期日終於要回去自己家一趟。

臨走時，白斌也沒說什麼，就幫他準備了滿滿一個書包的食物放在車上，丁浩連忙阻止他，「白斌，我是回自己家，你讓我帶泡椒雞翅就算了，怎麼連饅頭也往裡面裝啊？」

白斌愣了一下，還是固執地把那個小兔子形狀的饅頭放進去。

「這個是吳阿姨特意為你做的，裡面有豆沙和芝麻，你帶回去吃吧。」

丁浩覺得那一包實在太誇張了，意思意思地抓了幾塊包裝好的牛肉乾放進口袋裡，拍了拍：

「這些就夠啦，再說，我們在學校還能見到面呢，你要是實在想給我，就帶學校去吧，省得我還要拿，這一包背來背去的，多費力氣啊。」

白斌猶豫了一下，舉著塑膠袋裡的幾顆小兔子饅頭到丁浩面前，「這個，真的不帶了？你昨天還吵著說要吃。」

「我先不吃了，給你吃吧。」

樓下，汽車按了幾聲喇叭，丁浩抓著自己的小書包就往下跑。

「浩浩……」

後面的白斌喊了他一聲，丁浩一回頭就看到白斌站在那裡固執地舉著小兔子，實在沒辦法，只好走過去就著白斌的手，一口咬掉了小兔子白白胖胖的耳朵。

「喏，這樣行了吧？你幫我吃掉剩下的？」

白斌這才點了點頭，又往丁浩的口袋裡塞了一點糖才送他下去。

小司機一路送丁浩到丁遠邊的執勤單位，丁浩坐在大廳裡等他爸下班，把口袋裡的那點糖吃完了才見到丁遠邊。

「爸爸！我在這裡！」

丁浩對他爸揮著小帽子。

丁遠邊也有一段時間沒見到丁浩了，過去一把抱起他，放在肩膀上。

「在學校頑皮嗎？」

丁浩嚇得抓住他爸的頭髮，「沒沒沒，我哪敢呢。」

丁遠邊想了想，也點了頭：

「我覺得也是，要不然老師早就打電話來找我了。」估計是被丁浩抓頭髮抓到痛了，他又把丁浩抱低了一點，笑呵呵地捏了捏丁浩的臉，「走，跟爸爸去買吃的，等你媽回來，我們們做大餐！」

丁遠邊租的地方有點偏，離市中心有段距離。父子倆先去買了水果蔬菜，又提了隻雞。沒辦法，丁浩不在家，家裡冰箱都是空的。

回到家，丁浩趴在桌子上啃蘋果，不時回頭看看門。

丁遠邊先煮飯，綁著圍裙也跑出來看，順便逗了逗丁浩，「小兔崽子，想你媽了吧？」

丁浩含著蘋果點點頭。他還真的很想念自家老媽。

他媽去讀書時，他是跟奶奶住在一起，印象裡似乎記得丁媽媽回來過，但印象不深。

探頭看了一會兒，門鈴就響了，丁浩還沒去開門，就聽見他爸一溜兒小跑地從廚房出來了。

他腿短，勉強跟上，算是同一時間打開了門。

「媽……呀呀呀呀！」

丁浩都嚇得被自己的口水嗆到了。

門口站著的哪是他媽啊！分明是從八十年代畫冊上出來的小明星！看看，那個瀏海燙成了大波浪，看看紅藍相間的針織連身裙，那副大墨鏡，那雙霹靂紅唇啊，丁浩瞬間就變了聲調。

丁媽媽學成歸來，看著門口迎接她的一大一小很是激動，摘下墨鏡一把抱住了丁浩，「兒子！嗚嗚，想死媽了……」

丁遠邊的心理承受能力顯然比丁浩強，拍著老婆的肩膀，「先進來，先進來再說。」轉身去提丁媽媽身後的大皮箱，「怎麼帶這麼多東西回來？不去讀書了？」

丁媽媽抱著丁浩坐在沙發上，狠狠地親了他兩口。

丁浩看著自己年輕的老媽，嘴角抽了抽。他知道丁媽媽一直都很跟流行，可沒想到年輕的丁媽媽如此走在時尚前端。

「過一段時間再去，就剩下考證照了。」剛回到家的丁媽媽來不及好好休息一下，就發現了不對勁。家裡也太乾淨了，丁媽媽扭頭就問丁遠邊，「浩浩平時不住這裡？」

丁遠邊平時中午都在工作的地方解決午飯，晚上也只是在家裡湊合睡一下，大部分的東西還真的沒什麼動過。這麼明顯的整潔，稍微一想就能看出丁浩沒在這裡生活過。

丁遠邊搬著箱子進來，應了一聲，「不是跟妳說了嗎？平時住在學校。」

丁媽媽看了看丁浩，那孩子趕緊往他媽懷裡蹭，聲音十分甜，一口一聲媽媽妳真漂亮，媽媽我想死妳了。

丁媽媽被他哄得開心，在他的額頭戳了戳，「浩浩等等，媽媽幫你做好吃的！」

丁浩老老實實地在沙發上等著，抓緊時間又抓了顆蘋果啃，想了想又從褲子口袋裡掏出幾塊牛肉乾。這還是白斌在他臨走的時候塞給他的，因為丁浩吃他媽做的飯，可以說只有兩個字：折磨。

丁浩的嘴刁，喜歡吃小炒、滷的、炸的、烤的、煎的，而丁媽媽堅持如一地做了二十幾年的燉菜。白菜燉粉條、白菜燉金針菇、白菜燉豆腐、白菜燉香菇……清一色的白菜啊。

丁媽媽的信念就是：百菜不如白菜。而且燉得很健康啊，浩浩不愛喝水就多喝湯吧。

丁遠邊還好，還能偶爾出去吃個飯局、有個應酬什麼的，不在家吃，丁浩就慘了，他結結實實地喝了二十幾年的湯湯水水。而且丁媽媽的特色就是無論用什麼調料，不管是高級還是普通的，二十年硬是都燉出了相同的味道來。

有段時間丁浩實在受不了了，委婉地提出可以幫忙做飯，丁媽媽很開心地帶他進廚房，傳授私家廚藝。

「先熱油，看到冒熱氣就放鹽……」

鍋裡滋地一聲噴開了花，油點亂濺，丁媽媽身手敏捷地閃過，一手拿盤子一手拿鏟子，俐落地把白菜下鍋，「小心不要被油濺到，然後放菜炒……」

丁浩很疑惑，「媽，先放鹽的話，油會炸開吧？」

「是啊。」丁媽媽一邊翻著菜一邊教育丁浩，「所以要小心地躲開，你奶奶就是這樣教我的，浩浩你要記住喔。」

丁浩嘴角抽了抽，實在無法問出那個傷母親大人心的問題：其實，可以先放菜，最後放鹽吧？

以上就是丁浩在家的學廚記憶，從那之後他就決定不再踏入丁媽媽的廚房半步，還有養成了在外頭吃到半分飽再回來的習慣。

丁浩啃完牛肉乾，咂了咂舌，眼睛開始往廚房瞟。

年輕的爸爸，年輕的媽媽，擠在狹小的一室一廳的房間裡，廚房裡霧氣環繞，房東裝的抽油煙機是劣質貨，風響得呼呼作響，卻抽不了多少煙霧。炒菜的聲音一陣陣傳來，熟悉的白菜味道也沒多難聞了。

丁浩抽了抽小鼻子，第一次開始期待吃到丁媽媽煮的白菜湯。

丁媽媽端著菜走來，照例是一大碗白菜湯、一道丁遠邊愛吃的回鍋肉，還有一盤乾煸芸豆是拿來賄賂丁浩的。離家將近半年，丁媽媽真的怕兒子跟她不親了。

她幫丁浩夾了幾口芸豆，炒得焦香嫩脆，丁浩吃得很開心。

論手藝，丁媽媽可能不如吳阿姨，可是重要的是這個味道！自家老媽做的飯啊！扒下一碗尖尖的飯後，丁浩滿足地嘆了口氣。

以前丁浩很常惹丁遠邊生氣，要不是這樣，丁遠邊也不會小兔崽子長、小兔崽子短地一路喊到他長大。

丁奶奶走得很早，以後護著他的都是丁媽媽，無論丁浩犯了什麼錯，她都先張開翅膀保護他，不讓丁遠邊打。也只有丁媽媽，無論丁浩犯了什麼錯都能原諒他，唯一打了丁浩一巴掌的時候，還是為了白斌。

丁浩媽媽喜歡懂事的白斌，也想要讓丁浩多跟人家學學，長點見識。但是知道丁浩跟白斌的事之後，竟然第一次動手打了丁浩。

丁浩還記得他媽那次氣得發抖，甚至說：是白斌的話也可以啊！你怎麼這麼讓人不省心啊……

是白斌的話，也可以吧，媽？

「我吃飽了！」丁浩撲到他媽懷裡撒嬌，左捧右捧的，「媽，妳做飯就是好吃！我爸就沒有您的手藝好！」

「那當然！」

丁媽媽得意了，摸著丁浩腦袋的手心特別溫暖，一路暖到丁浩的心裡去。

「媽媽，」丁浩深吸一口氣，伸出一隻小拳頭開始喊，「賜給我力量吧～！」

丁遠邊一巴掌就要拍在丁浩頭上，「又亂學動畫裡的人胡說八道！」

丁媽媽張開手護住丁浩，瞪了丁遠邊一眼。

「動畫又怎麼了？這表示我兒子的學習能力和模仿能力強，你別老是打孩子！要不是你老是打他，浩浩肯定很聰明，說不定能一下子跳到五年級，直接讀國中呢！」丁媽媽得意地看著自己懷裡的寶貝，「是吧，浩浩？」

丁浩仰著小鼻子，笑得跟他媽一樣得意，「那當然！」

第三章　是你的願望

丁浩沒待在家多久，就又回到了白斌那裡。

沒辦法，丁遠邊要上班照顧不了，丁浩他媽接到學校電話，又要去A市讀書了，臨走的時候，丁浩媽媽買了一整箱的火腿腸擺在丁浩面前，試圖轉移丁浩的注意力。

丁浩小時候注意力很集中，說穿了就是一根筋，一次只能想一件事。他數著好吃的，數著數著就會忘記家裡有人要走。大人看他不哭不鬧，心裡也好受一些。所以這次丁浩媽媽照慣例買了一整箱的火腿腸，放在他面前讓他數。

「浩浩，你看，有這麼多好吃的，你幫媽媽數數看這裡有多少個吧？」

丁浩的嘴角抽了抽，伸出手將火腿腸一根根拿出來，在沙發上一字排開，「一、二、三、四……」

這就像硬逼你裝弱智一樣，太折磨人了。

丁媽媽走到門口，小聲地跟丁遠邊說：

「只有你跟浩浩住在這裡我不放心，孩子還那麼小，你要上班，又要照顧他，忙不過來……」

丁遠邊悄悄地把行李箱在門口的臺階上，掩上門，不讓丁浩聽見，支支吾吾地說：

「啊，那個，學校不是也能住宿嗎?再不行就住學校吧，我看人家老師也很認真，浩浩都比剛來的時候胖了。」

丁媽媽的聲音略略拔高了，將小手提包放在大行李箱上。

「你是不是想讓浩浩一直住在學校？他還那麼小，又是第一次離開家，你怎麼捨得讓他一直住校？」丁媽媽本就心疼兒子，如今更是委屈，「我就知道不能把浩浩讓你帶！還不如讓媽媽帶著好！現在才一轉眼，你就讓他孤零零地一個人在外頭，他跟著一群大孩子，萬一不合群，被別人欺負了怎麼辦啊……」

丁遠邊也心裡不舒服，看著門口那只碩大的行李箱直唸道：

「那妳呢，妳怎麼捨得扔下兒子，自己跑去學什麼幼教？我之前也勸過妳，爸走得早，媽的身體也不好，妳好好在家帶孩子，照顧媽就好了，誰讓妳一心想讀書？」丁遠邊的聲音也有點大聲，丁媽媽趕緊往門縫裡看了一眼，看到丁浩還在認真地數著才轉過身來，氣得捶了丁遠邊一拳，「你小聲點！也不怕吵到浩浩！」

「妳就學吧，等妳回來，兒子說不定都不認識妳了。」

丁遠邊也往門縫裡看了看。丁浩背對著他們，還在那裡數著，「二十四、二十五、二十六……」

丁遠邊鬆了口氣，幸好這個小祖宗沒聽到。再看看身旁的人，已經母愛氾濫，兩眼泛著淚花了。

「我、我捨不得浩浩。這兩天才剛跟我親近了一點，我現在走了，你說他會不會記得我？」

丁遠邊連忙繼續哄她。

「我剛才是嚇妳的，妳千萬不要放在心上。你們母子連心，他好歹是從妳身上掉下來的一塊肉吧？別說記得了，他肯定會日夜思念……」

老婆好不容易破涕為笑了，也是時候該拖著行李箱離開了。

丁遠邊心裡也捨不得，從上衣口袋裡掏出五百塊人民幣，塞進她的口袋裡。

「自己在外面也別委屈到自己，該買什麼就買。」

丁媽媽拿了兩百塊，把剩下的還給他。

「全家就靠你這點薪水撐著，都給我的話，你怎麼辦？再說，還有浩浩和他奶奶呢，我只是去考個證照，用不了這麼多。」

那時候丁遠邊一個月的薪水才六百多塊，調到市裡後才漲到了八百塊，丁媽媽固執地不肯拿。

「你留著吧，家裡的錢也不多，留著應急。」丁媽媽依依不捨地看著屋子裡的丁浩，又看了看丁遠邊，「我走了啊。」

丁遠邊應了一聲，替她提著行李箱，送她去車站了。

丁浩聽到門口沒動靜了才停止數數，看著滿沙發的火腿腸，第一次有些生氣。以前小時候也不覺得怎麼樣，家裡有好吃好喝的都先給他，如今想到自家媽媽出趟門，竟然只帶了兩百塊錢，丁浩心裡悶得發慌。

要是在以前，連他出門搭計程車的錢都不夠……當然，這年頭的錢比那時候值錢多了，但即使這樣，丁浩心裡也不舒服。

而且，丁浩記得他老媽第一次考試並不順利，後來又拿了兩千塊重新考試才拿到證照。他爸那時候正好是鄉鎮上一窮二白的小公務員，為了這件事差點砸鍋賣鐵。丁浩那時候是還是跟著丁奶奶，老人很捨得為孫子花錢，所以丁浩也沒多少難過，後來家裡有了起色，丁媽媽經常跟丁浩唸當時的艱難。

兩千塊……他現在連兩百塊都拿不出來啊。

丁浩翻了翻口袋，只找到零星的錢，這還是跟丁遠邊去買水果剩下的。丁浩把錢塞回口袋裡，低頭看了看自己的矮個子，惆悵了。

這樣能賺什麼錢啊！再說，賺錢也是需要本錢的啊。丁浩開始認真思考自己的本錢，以及該如何獲取第一桶金。一連幾天都是病懨懨的，人都瘦了一圈。

丁遠邊以為他是在想丁媽媽，拍著兒子的頭，還是把他送到學校去了。

沒辦法，他的工作忙，又有一大家子等著吃飯，實在沒功夫伺候丁浩。而且，丁浩在學校能受到更好的照顧，每次來接他的時候都能感覺到這小兔崽子又變重了……下次要好好謝謝學校的老師們，丁遠邊在心裡想著。

丁小浩現在滿腦子的錢，跟丁遠邊告別的時候也有些心不在焉，上課更是走神，哪怕是回到了白斌家也沒回過神來。

他想要錢，要好多錢……

事情往往就是這麼巧。你想要錢的時候，錢就會出現在你面前，但是，卻都裝在別人口袋裡。

白斌從走進臥室就被丁浩直勾勾的眼神看得心裡發毛，「浩浩，你怎麼了？」怎麼了？你先告訴我你手裡的存錢罐怎麼了……他要是沒眼花，那隻塑膠小豬的肚子裡裝著滿肚子的百元大鈔！！

丁浩看得眼酸，差點掉下淚來，湊過去摸摸那隻小豬存錢罐。

「白斌，我這才幾天沒來，它就肥了這麼多……」丁浩抬起頭來說：「你哪來這麼多錢啊？」

白斌想了想，「前兩天爺爺過生日，我也是同一天生日，所以家裡的叔叔、伯伯們給我的。」他看著丁浩，語速放得很慢，「浩浩的生日是一月二十七號。」

丁浩受白斌薰陶多年，對他那點小心思一清二楚。他是在委婉地興師問罪。

他這兩天淨在那裡煩惱要從哪裡弄到錢，哪記得白斌的生日啊，早知道就來討好白斌這個小財神了。這隻豬的肚子裡算一算，應該有兩千吧？

丁浩看著小豬的視線更加熱情了。

白斌晃了晃手裡的小豬，丁浩的視線立刻跟著移動。白斌戳著小豬的鼻子，一字一頓地說：「大家給的都是錢，我沒收到禮物。」

丁浩抓了抓頭，這……要他從哪裡弄禮物來啊？現在買也來不及吧？

丁浩臉都憋紅了，最後試探地跟白斌商量，「那要不然……我親你一下？」

白斌果斷地搖了搖頭，「不要。」

丁浩傻住了。

白斌拒絕了？他竟然拒絕了！！當年白斌跪著求他，他都不一定肯做的好事，白斌就這樣乾脆地拒絕了？？

丁浩看著白斌，再看看他抱著的存錢筒，內心起伏澎湃複雜，不可言喻，但還是不忍心放棄。

「那要不然，你親我一下？」

這次白斌考慮了一下就點頭答應了，「好。」

……白斌你他媽就是要占老子便宜的吧？是吧？一定是這樣的吧！

丁浩看著白斌，小拳頭都握緊了。這小屁孩也太精明了，這麼早分清主動、被動幹嘛！

丁浩被白斌拉住手的時候還氣得發抖，睜大了眼睛瞪著他。看著他一點一點地湊過來，眼前一黑，嘴巴上碰到了軟軟糯糯的感覺。

白斌舔舔嘴巴，想了半天還是問出口：「浩浩，你是不是偷吃了我的酒心巧克力？」

「呸！」

對面的小貓怒了，全身都炸了毛！

丁浩怎麼想都覺得自己吃虧了，早上睜著兩個黑眼圈，戳了戳旁邊睡著的白斌。

白斌迷迷糊糊地看了一眼旁邊的鬧鐘。

還不到六點，他有點困惑，「浩浩，怎麼了？」

丁浩一夜沒睡好，琢磨了一晚就想到了一件事。他看著白斌，試著問：

「我覺得，我過生日的話，你是不是也該送我禮物啊？」看見白斌點頭表示同意，又跟他商量，「那我提前過生日吧？你也提前給我禮物吧？」

白斌答應了，又問丁浩，「你要什麼？」

丁浩高興了，伸手指著白斌放在書架上的那個小豬存錢筒，「我要它！」

白斌順著他指的方向看去，了然地點點頭，「存錢筒啊，我等等去買一個。」

「不是，我就要這個，呃，這個小豬的……」

「買一個小豬的？」

「也不是……白斌，你就把你這個給我吧，什麼都別動，我就覺得你這個原裝的好。」丁浩急得抓耳撓腮，要從一個小學生手裡睜眼說瞎話地騙點錢真不容易，他看著白斌都有點臉紅，「你就把它送我吧？行不行，就一句話！」

白斌看看那個小豬存錢筒，又看了看跪坐在床上，一臉渴望的丁浩，皺起眉頭，「浩浩，你要用裡面的錢？」

丁浩被看穿了，就算臉皮再厚，現在也真的不好意思了，硬著頭皮點點頭。

「我現在有急用，等我以後有了錢就馬上還你！真的！」

丁浩舉起手跟白斌發誓，他從來沒這麼直白地和別人借過錢，而且對象還是白斌。這種感覺很不好，有點賣身的感覺，丁浩很鬱悶。

白斌想了想，還是搖搖頭，「你要什麼，我買給你。你還太小了，身上不可以拿著那麼多錢。」見到丁浩眼睛轉來轉去地，還在看那隻小豬，把他的臉扭回來，並捏住，「別想偷拿，抓到了打你屁股。」

丁浩的臉一下子紅了！一手拍開白斌，還在那裡強詞奪理。

「誰想偷拿了！我、我花過的錢比你見過的多！」想了想，又底氣不足地補了一句，

「最起碼比你現在見過的多！我告訴你啊，白斌，你現在不幫我，就等著後悔吧！」

「我幫你。」

「那你同意把小豬給我了？」

白斌搖搖頭，「你告訴我，我可以去買給你。浩浩想要什麼？」

……老子想要錢，但是這些話不能對白斌說，說了也不會給他，反而會被追問要錢做什麼，之後就等著被抓去精神病院吧。

丁浩眼巴巴地看著那桶錢在他眼前飄來飄去，心裡直嘆可惜。

他很著急，想了幾種賺錢的辦法，雖然都不是容易實現的，但也可以試一試，只是沒有本錢，但白斌那裡有……可是他拉不下面子再去求他，偷拿……算了吧，就白斌那認真的個性，他真的會扒下丁浩的褲子來打屁股，那也太丟人了！

丁浩想像著那個場景，渾身雞皮疙瘩都起來了。

丁浩為了籌錢的事著急，沒幾天就上火了，嘴上長了疱疹不說，臉都腫起來了。

但這些外在變化遠沒有比丁浩的氣質改變得多，那種失去了摯愛的悲傷，長時間在他身邊十公尺內的空間範圍流動，以至於白露星期天準時來報到的時候，一進門就問他：

「丁浩，你的臉怎麼了啊？哥，他是被誰揍了，怎麼委屈成這樣啊？」

丁浩懶得理她，轉過頭，繼續惆悵。白露大吃一驚，這太不像丁浩的風格了！這張臉破相了，嘴也不毒了，這、這太不對勁了！

白露跑過去悄聲問白斌：

「哥，丁浩是怎麼了？我看他這樣擔心死了，不是被打了，就是生病了……」白露像是突然想起了什麼，呀了一聲跳起來，拉著白斌就往旁邊走，「哥，丁浩不會是得了那個腮腺炎吧？我們老師說那種病會傳染的！」

臭白露！妳才有病！你們整個社區都有病！！

丁浩的心情更加陰鬱了，都火燒眉毛了，這死丫頭還在惹事。

這位小妹妹跟丁浩顯然沒有心電感應，還在那裡憂心忡忡。

「也不知道他是什麼時候發病的，哥，你有哪裡不舒服嗎？臉痛不痛啊？」白露上下看了看白斌，看到她哥還是怎麼看怎麼帥氣才放下心來。

而白斌被她逗樂了，「浩浩沒生病，他是上火了，吳阿姨說多吃點水果青菜就好了。」

白斌繞過白露，去廚房端水果，白露則盯著丁浩，猶豫了半天還是隔得老遠，坐在另一張沙發上。

沒一會兒，白斌就端了一盤柳丁過來，貼著丁浩坐下，又幫丁浩剝了顆柳丁遞去，「再吃一個吧？」

白露盯著丁浩面前茶几上的一堆柳丁皮，心裡一陣發酸。

「哥，你又偏心！」小女生擠過去擋在她哥前面，「我也要吃！」

白斌也幫她切了一顆，小女生看著自己手裡的那一瓣小小的柳丁直皺眉頭，她的比較心理很強烈，「哥，為什麼丁浩那個是一整個的……」

「妳嘴巴小，切著吃比較方便，也比較秀氣。」白斌正拿了條毛巾放在前頭，幫丁浩墊著，生怕丁浩把柳丁汁滴到沙發上。他現在的潔癖習慣已經逐漸成形。

白露咬著自己的那份柳丁，想了半天也想不通。她盯著縮在沙發一角的丁浩，怎麼看都覺得丁浩的嘴巴比她小，吃東西應該也是丁浩吃小的才秀氣啊！

小女生覺得自己的哥哥對丁浩越來越好了，看丁浩也更加不順眼，含著柳丁，嘟嘟囔囔地抱怨，「他的臉都腫成那樣了，還吃得了嗎？哥，你自己也吃啊，我們家的好東西都被丁浩吃掉了……」

丁浩抱著柳丁默默啃著。本錢低，還能短時間拿到錢的方法……還是炒期貨這條路吧？保證金少，又穩定，全天盯著幾個貨買進賣出，也能賺點錢，但是這還得簽合約，他這副模樣要找誰簽約啊……

「……怎麼每天都在這裡白吃白喝的，他什麼時候回家啊？哥！你看丁浩把柳丁汁滴到沙發上了！」

丁浩抬頭看著旁邊那個跳起來告狀的小妹妹，慢吞吞地說，「白露，妳穿著那件小碎花的衣服還滿好看的。」

「那當然，我穿什麼都好看！」白露揚起鼻子，得意得不行，一會兒又疑惑了，「我這裙子是紅的，哪來的小碎花？」小女生一臉不屑地伸出手，像趕老鼠似的對丁浩嚷嚷，「丁浩，你病得不輕啊，快點回家去！別傳染給我哥！」

丁浩吃完手裡最後一口柳丁，指了指小女生屁股後面。

「小碎花的內褲啊，妳的裙子破了個洞，內褲都露出來了，妳沒發現？」

白露的臉立刻紅成了猴子屁股，伸手捂住後面，悲憤交加。

「啊！！！丁浩，你、你……你臭不要臉！！」白露的眼眶都紅了，她從來沒在她哥面前出過這麼大的糗，對丁浩的形容終於從「不要臉」上升為「臭不要臉」，「你在看哪裡啊！」

小女生哭著跑走了，臨走的時候也不忘報復丁浩，用手裡的柳丁糊了丁浩一臉。

丁浩被柳丁嗆到了，連吐了幾口，白斌又拿了條乾淨的毛巾幫他擦臉，看著丁浩對門口比中指，忍不住笑道：「你又欺負白露。」

丁浩仰著頭，讓白斌幫他仔細擦乾淨，聽見了也不服氣，「亂說，分明是她欺負我！你看看我臉上，證物還在呢！我這樣都可以去法院告她了！」

「誰叫你騙她說裙子破了。」白斌把丁浩收拾乾淨，又收拾沙發和茶几，過了一會兒回過頭來，帶著古怪的表情看著丁浩，「不過，你怎麼知道白露穿什麼樣的內褲啊？」

丁浩躺在沙發上哼哼兩聲。

這年頭，小孩內褲就那幾種，別說女生的了，男生內褲也很多繡著花樣的，再看白露平時的穿衣風格，這機率恨不得都百分之百了！

但他才不告訴白斌，眼睛一轉，編了個理由哄他。

「你不知道吧，白露其實老早就偷偷喜歡我了，剛才你去廚房端柳丁的時候，她非要給我看她的內褲，唉～我攔都攔不住啊。真的，不騙你。」

丁浩牛皮都吹到天上去了，這次連白斌都不太相信。

白斌疑惑了，「她為什麼非要給你看她的內褲啊？」

蝨子多了不怕癢，丁浩順口就瞎掰：

「她說要跟我穿情侶內褲，抱著我的腿大哭大喊地求我答應她。嘖嘖，誰讓我從小長得帥，功課又好啊，現在的小女生太瘋狂了。」

「可是白露不是一直對你很凶嗎？她怎麼會喜歡你？」

「打是情、罵是愛，喜歡誰就偏偏要跟誰作對，女生都這樣！」

丁浩摸摸吃得圓滾滾的小肚子，心滿意足地打了個呵欠。

他有點睏了，這幾天就只有白露這一個樂子，終於能放鬆心情，睡個好覺了。

「白斌，我們去睡覺吧？」

白斌半信半疑，陪丁浩洗漱完了，坐在床邊認真思考。丁浩被床邊的小燈亮得睡不著，用腳踢踢他，「白斌，把燈關了！我要睡覺！」

小燈沒關，白斌下去翻了一陣子，丁浩的意識都快迷糊了，又覺得床一沉，唔了一聲。

白斌穿著整齊的睡衣爬到丁浩那裡，一臉嚴肅地把他的被子掀開。

快到冬天了，冷風嗖嗖地吹，丁浩顫了一下就清醒了，「白斌，你幹嘛……啊喂！你幹嘛啊！」

白斌不理他，拉住他褲子往下扯，讓丁浩嚇得一手捂被子，一手按著褲子，「你發什麼瘋啊！大半夜的，你你你、你想幹嘛！」

「我要看你的內褲。」白斌用跟表情一樣嚴肅的語氣說著，手固執地按著丁浩的睡褲就往下拉，「我看過你其他件內褲了，都沒有碎花。」

丁浩快哭了，這個死孩子怎麼這麼認真啊！

也顧不得拉被子了，兩手只抓著褲子，死命地往上拉。

「沒有花，沒有碎花！白斌，你放手啊，真的沒有！我剛才是騙你的！真的，你相信我一次吧……你想，白露平時對我那麼凶，她怎麼可能會喜歡我，給我看她的內褲啊！」丁浩被白斌按在床上，兩條腿還不停亂踢，「再說了，我也不喜歡白露啊！我是在吹牛的，真的不是有碎花的情侶內褲！」

「那你給我看看。」

「……我靠，白斌！放開我！放開！！唔啊啊啊！！我要踢你了喔，真的踢你了喔！白斌，你混蛋！！」

「……前面有一朵。」

「有你頭！！！不許翻過來！老子後面沒有！！」

丁浩慘遭武力鎮壓，反抗未果。

被看了……前面、後面都被看了……

含著眼淚的丁浩被白斌拉上褲子，抱進懷裡，抱著他的那位還跟他商量，「明天換掉這條內褲吧？反正你也不喜歡白露，不用跟她穿一樣的，而且有碎花的也不好看……」

丁浩連想死的心都有了，眼淚嘩啦啦地流，恨不得打自己一巴掌。

誰叫你嘴賤，誰叫你騙人，誰叫你吹牛！！

◇

過了一段時間，丁浩想要錢的慾望也慢慢消退了。上輩子他爸砸鍋賣鐵，度過了一次，那好吧，這輩子也繼續砸吧，大人的事就讓大人去解決，丁浩決定老老實實地當自己的小學生。

丁媽媽在年前寫了封信回來，說還要讀書，丁浩覺得離艱苦的日子不遠了。果然，剛放寒假，丁遠邊就帶他回老家一趟，把他託給丁奶奶照顧。

丁奶奶看見孫子很高興，一口一聲寶貝浩浩，親起來沒完沒了，夠了才抬頭問丁遠邊：「怎麼突然回來了？浩浩他媽沒跟你一起回來啊？」

丁遠邊跟丁奶奶解釋，「媽，現在放寒假了，浩浩他媽還在外地讀書呢，這孩子在那裡我也照顧不了，就想把他送回來請您照顧幾天。」

丁奶奶自然很高興，抱著孫子不放手。

「好啊，別說兩天，放在這裡兩年都行！對吧，奶奶的寶貝浩浩~想死奶奶嘍！」

丁奶奶親了親丁浩的小腦袋，丁浩也抱著丁奶奶不放手。他是真的想奶奶了。

丁遠邊把丁浩放下後，立刻走了。

丁浩知道他是要去親戚家借錢，那時候都不富裕，把鎮上一套上下兩層樓的小洋樓全買下也不過幾萬塊錢，他爸一開口就要借幾千塊，大家都拿不出來。

天氣一天比一天冷，丁遠邊的臉也一天比一天黑。丁浩都躲得遠遠的，生怕掃到颱風尾挨揍，偶爾還會偷偷幫丁遠邊的自行車掃掃雪。

他看著他爸冒雪騎車出去的身影也不好受，在家陪著丁奶奶，也顯得特別聽話。偶爾跟李盛東在外頭打一架，也會自己把衣服拍乾淨再回家。丁奶奶覺得這一大一小都不太對勁，「浩浩，你跟奶奶說，你爸這幾天出去是不是去借錢了？」

丁浩搖搖頭，裝不知道，「我爸早上就走了，沒跟我說去哪裡。」

他知道丁奶奶關心，但也不能跟她說。

丁奶奶是丁家幾個兄弟一起供養的，每個月都只有幾塊錢，丁奶奶花不了就存了一些，但是要把這些錢拿出來，只給丁浩他爸用是絕對不行的，丁浩家那幾個姑姑、嬸嬸可不是吃素的。

「浩浩，你快跟奶奶說實話，是不是……是不是你爸在部門裡犯錯了啊？」

丁奶奶憂心忡忡的，她看到丁遠邊那張大黑臉就知道兒子是心裡有事在煩惱，但家裡的人都好好的，想來想去，也只可能是工作上的事。前幾天，電視上剛報導一個挪用公款被判刑的人，丁奶奶心裡更是七上八下。

看到丁奶奶著急，丁浩也只能編謊話哄她。

「我爸每天上班可高興了，長官也常派人來我家，滿好的啊。」丁浩說的都是實話，他一個星期固定地往白斌家跑，白書記可沒忘記派司機來接他。

丁奶奶鬆了口氣，想了想，「這樣啊，那是不是你爸要升官啦？」

丁浩傻了，「啊？」

丁奶奶越想越覺得沒錯，拍手一下後笑了。

「肯定是這麼回事，奶奶知道，當官都得送禮，浩浩你跟奶奶來。」老人拉著丁浩的手走進臥室，在大衣櫃的底層翻了半天，捧著一個小匣子出來，裡頭是幾件老金打的首飾，金耳環、金戒指還有個墜子。

丁奶奶一個個仔細地摸了一遍，笑呵呵地對他說：「我本來想留給寶貝浩浩娶媳婦，先給你爸用吧，便宜他了！」又用絨布擦過，小心地遞給丁浩，「你偷偷把這個拿給你爸，讓他別著急地黑著一張臉，嚇壞了我寶貝浩浩。」

「我不要！」

丁浩的眼眶都紅了。這是他爺爺還在的時候留下的，後來爺爺走後，丁奶奶就沒再戴過了，幾件金飾打得有點簡單，卻被收藏得很好。

他知道這裡頭有丁奶奶對爺爺的思念，搖著頭，不肯拿，「奶奶，您自己留著，您戴起來好看！」

丁奶奶不願意，硬塞進丁浩的手裡，摸著他的小腦袋，「聽話，送去給你爸，沒有過不去的難關。」丁浩站在那裡不肯走，丁奶奶又說，「浩浩聽話，你記得長大了，多來看看奶奶，奶奶就知足啦！」

丁浩抬起頭來，抽抽噎噎地直吸泛紅的小鼻子，「奶奶，我、我以後會買更好的給您！奶奶，您等我喔！」

丁奶奶應了一聲，歡喜到眼睛都笑彎了，「奶奶的身體健康得很呢，等著讓我的寶貝浩浩孝順！」

丁浩抱著那個小匣子回到他的臥室。

他離開的這幾個月，丁奶奶依舊每天都幫他打掃整理，被子裡都有股好聞的太陽味道，軟綿綿的。丁浩撲上去把臉埋在枕頭裡，除了丁奶奶的金飾，他似乎還有一個東西能賣錢。深吸了口氣後爬起來，去床底下拉出一個小鐵盒。打開一看，裡頭是一堆堆紙牌、玻璃彈珠。丁浩在裡面翻了一陣子，掏出一個黑色的鐵製品，帶著冰冷的金屬光澤——這是他醒來時握著的手機，是他唯一可以證明自己活過二十幾年的證據。

丁浩摸了半天，開機了，帶著一陣微微的震動，手機打開後，還有一格電。或許把這東西拿去賣給國內的技術公司，能換到不少錢吧？又一陣微微的震動，顯示有新訊息。

他愣了一下，那是熟悉到不能再熟的號碼，打開來看，是他出事前的凌晨傳來的。

『丁浩，生日快樂。不要喝太多酒。』

『丁浩，你在哪裡？下雪路滑，注意安全，早點回家。』

『我打電話去你家，說是你還沒回來，在哪裡？我讓董飛去接你。』

『丁浩，收到訊息後回覆我，還有，手機不要關機。』

斷斷續續的幾封訊息，還有一通未接來電。丁浩抱著膝蓋低下頭。

白斌……白斌你這個混蛋！你要我拿什麼還你……

窗外的玻璃被人敲了兩下，丁浩抬起頭來。剛哭過，眼眶還是紅的，但是他覺得自己的眼淚好像還沒有擦乾淨，使勁擦了擦。他好像眼花了……

窗戶外面的人穿著紅色的羽絨衣，帶著溫暖的笑，敲敲丁浩的玻璃又指指門的方向，「浩浩，開門！」

「白……斌？」丁浩把白斌請進來的時候，還有點作夢的感覺，任由白斌拉著他的手，被包裹著自己的手指溫度弄得有點暈，「你怎麼來了？」

白斌進屋後脫下羽絨衣，裡頭穿著棕色毛絨領子的外套。他看了丁浩，又從口袋裡掏出手帕幫他擦臉。

「部門裡過節要分東西，我順便搭車過來的，正好爺爺和白露也有禮物要送給你，我一起幫你帶過來了。」白斌皺起眉頭，又問他，「怎麼哭了？」

丁浩搖搖頭，「沒事，白爺爺和白露送禮物給我幹嘛？」

白斌提了兩個大袋子進來，遞給丁浩。

「過幾天是你生日，你不是一直喊著要提前過？我跟爺爺和白露說了，他們就為你準備了禮物。你看看喜歡不喜歡？」

丁浩接過來打開，一個是一件紅色的羽絨衣，邊緣有白羽毛，款式跟白斌的差不多，只是白斌的是長版的，他的這件是短版的。

「這是白爺爺給的吧？滿好看的。」

白斌點點頭，「爺爺怕你玩鞭炮燒到衣服，就為你買了短版的。」又指了指旁邊的，「再看看那個吧？」

丁浩又提來旁邊的袋子，裡頭是一個包裝好的彩色禮物盒，方方正正的，還在上面打了蝴蝶結。丁浩笑了，「這是白露給的吧？嘖，她還真捨得花，也不知道裡面是什麼，這麼大一個……」

「那個是我送你的。」白斌有點不好意思，從口袋裡掏出一張巴掌大的明信片給丁浩，「白露送你的是這個。」

那張明信片一看就知道是過年前，某個部門集體印發的賀卡。

『XX單位恭賀：丁浩（白露手寫）新春快樂，闔家幸福！』

上面的新春二字被白露用透明膠貼掉，硬生生地改成了「生日」，旁邊還有說明，說可以憑此明信片左側虛線內的號碼抽獎，X月X日公布。

丁浩的嘴角抽了抽，這絕對是白露從她爸的部門裡隨手拿的，也太敷衍了事了吧？白露明顯還在記仇！

「你回去之後幫我謝謝她吧。」放下手裡的明信片，又去拆白斌那個，「你為我準備的是什麼？不會跟白露一樣，拿了一堆賀卡吧？」

白斌搖搖頭，「是浩浩許的願望。」

丁浩有點納悶，俐落地撕掉包裝紙，打開盒子，裡頭是一個白呼呼的東西。丁浩把手伸進去拿出來，是一隻白色的塑膠小豬存錢筒，原裝的——肚子裡有滿滿的紙鈔。

白斌笑了，「浩浩，祝你生日快樂！」

丁浩吸吸鼻子，看著白斌，眼眶又開始泛紅。白斌被他嚇了一跳，連忙幫他擦掉眼淚。

「怎麼了？浩浩不喜歡？別哭啊，你喜歡什麼，我再送別的給你吧？」

丁浩抱著小豬使勁地搖頭，哭得抽抽噎噎，讓白斌著急得不得了。

「浩浩別哭，你……你看，哭了就不帥了，」

白斌沒見過丁浩這樣，一時間也不知道該說些什麼，拍著他的肩膀小聲哄著。

「白斌，」丁浩放下小豬，又爬到床上去拿丁奶奶送給他的小匣子，認真地放到白斌手裡，「這個給你。」

白斌拿著那個小匣子，有些不明所以，「你上次送生日禮物給我了啊。」

丁浩的小臉紅了紅，「這、這不一樣！我這是我奶奶幫我存要娶媳婦的錢，反正……反正你先幫我保管！」

他再三地跟白斌說了這個小匣子的重要性，直到白斌保證哪怕家裡發生火災，也要第一個先抱著它跑出來才罷休。

丁浩心裡舒服了一點，他不願意平白無故地拿人家的錢，哪怕是白斌的也不行。那些東西先放在白斌那裡當作抵押，等他賺了錢要再拿回來，還給奶奶。

◇

白斌中午在丁浩家吃了飯，跟司機說好下午來接他回去。司機答應了，又忙著去別的地方分發年貨。

丁遠邊出去後還沒回來，丁奶奶怕餓到兩個小的，先做飯給他們吃。正好，丁浩的大伯和姑姑之前送了不少年貨，一桌菜色很豐富。蓮藕排骨、宮保雞丁、魚香肉絲，又特意炒了一盤綠葉小白菜，外加一人一隻瓦罐鴿子。

白斌吃得很開心，丁浩也覺得高興，啃了一桌的骨頭，連瓦罐裡的鴿子湯也喝得乾乾淨淨，抹了嘴，幸福得直打嗝。

吃完飯，他又陪白斌出去晃了一圈。兩人穿著一樣的紅色羽絨衣，有一圈白羽毛邊，顯得格外喜慶。丁浩還戴著一副紅白相間的手套，那是丁奶奶幫他織的，怕他弄丟，又在上頭勾了一條特別長的毛線連起來，平時不戴了，就掛在脖子上。

白斌覺得很好玩，拿了一隻，戴在自己手上。

丁浩一路上看著那些房子，在心裡念著哪個快拆了、哪個要重蓋了，看看這個又看看那個，自然走得很慢，白斌就在前面等著他，兩人中間連著一條毛線，像是隔了很遠，牽著丁浩似的。

「丁小浩！」

丁浩閉著眼都能聽出那是誰的聲音，那陰陽怪氣的調調一般人都模仿不了。

他抬頭看，果然是李盛東蹲在牆上看著他，順著他跟白斌中間的那根毛線來回打量。

「丁小浩，我說你今天怎麼沒來玩，原來被綁上鏈子啦？」

「我高興，你管得著嗎！」丁浩一手插在口袋裡，用那隻戴著手套的手對李盛東揮了又揮，像在趕蒼蠅一樣，「滾一邊去！我今天心情好，懶得跟你計較，別自己找死。小心又跟那天一樣，被我打哭了才跑回家去告狀。」

李盛東前兩天跟丁浩打了一架，丁浩稍微神勇了一把，把這個小屁孩按進雪堆裡，讓他結結實實地吃了兩口雪。

李盛東一聽到這番話就不高興了，「你怎麼不說那天我絆倒你，讓你跌個狗吃屎呢？屁股都摔成三瓣了吧？痛到眼淚都下來的是誰啊？要本少爺再幫你揉揉嗎？」

丁浩怒了，這麼丟人的事，怎麼能在白斌面前提起！

他對李盛東呸了一聲，「你有本事下來啊！看看誰會痛到哭！」

李盛東就喜歡跟丁浩吵架，丁浩越不高興他就越高興。丁浩，你有什麼傷心的事，說出來讓大家開心一下吧？——李盛東這個小屁孩完全就是這種心理，所以一天到晚開丁浩的玩笑。

又加上李盛東他爸跟丁浩他爸以前在同一個單位，李盛東他爸眼睜睜看著人家爸爸去城裡上班，兒子又提前念了小學，自然眼紅，不管怎麼想，也得讓自家兒子跟人家同步吧？好吧，李盛東就這麼糊里糊塗地結束了美好的野生放養狀態，被他爸送進鎮上的小學，老實地念起書來。

李盛東又沒有重生，當然對學校沒什麼嚮往，硬生生把他提前送到小學，逼他過著三點一線的日子，委屈得很。

班上的孩子都比他大，好在李盛東的小拳頭硬，一個星期揍掉了人家小孩的三顆門牙，被叫了家長五次，李盛東他爸都快變成賠禮道歉專門戶了，回到家就要揍這個死小孩。

「李盛東，你給我過來！之前把人家白斌推到河裡去，現在又把同學的門牙打斷了，你這些搗蛋的本事都是誰教你的！我今天不打你還不行了！」

李盛東他媽長得粗胖，雖說沒讀過什麼書，但護著孩子的拚勁完全可以超越丁浩他媽，直接跟丁浩他奶奶媲美。往前扠腰一站，李盛東他爸都不敢下手，動這個死小孩一根指頭。李盛東他媽說了，「沒人敢惹東東好啊！最起碼在學校不會被欺負，就這樣很好！」

李盛東他爸憋得快吐血了，為了白斌的那件事，他可是一直向人家白書記道歉。這才剛過多久，這個死小孩又不長記性地亂欺負人……慈母多敗兒啊！

長期處於母系社會底層的李爸嘆了口氣，也懶得管這個死小孩了，只希望李盛東多上學幾年後能懂事點，別再闖禍。

李盛東有了他媽的這句話，就像頭頂聖旨批准他隨時犯案一樣。不過這個屁孩倒是沒再惹事，主要是那些孩子們被李盛東欺負到怕了，而且這個鎮很小，平時跟李盛東一起玩的小孩們也愛在校門口等他，雖然年齡小，但抵不過人多啊。

那群小綿羊似的孩子們默默把李盛東他們劃分為一個小團體，平時下課都躲著他們。

愛跟李盛東玩的那些孩子們老是跟過去，趴在學校的窗戶上看。時間久了，家長們討論過後決定都送去學校好了，反正鎮上的小學離家近，管得也不嚴，差半歲左右的也收，而且學校的老師也都是街坊鄰里的人，跟別人說一下就收下了。

有人陪他玩後，李盛東心裡才痛快了一點，但是他始終忘不了罪魁禍首——丁浩。要不是丁浩，他怎麼會一天到晚都被按在椅子上，念什麼破拼音，寫什麼破字啊！

丁浩放寒假一回來，他就盯上他了，有事沒事就去招惹他。

李盛東跟丁浩一塊長大，也沒有打得太狠，就是忍不住一口氣，欺負一下丁浩。前兩天他被丁浩按著腦袋，塞進雪堆裡，這口氣他哪嚥得下去啊！正心想著怎麼樣也要扳回一城，正在想壞主意的時候，就看到丁浩被白斌扯著一根繩子牽著。

擇日不如撞日，李盛東的小眼睛一垂，開始找碴。

丁浩愛面子，最討厭在別人面前丟臉。李盛東平時都是在背地裡說，暗自竊喜，現在新仇舊恨都加在一起，也顧不得那麼多了，當著白斌的面就開始揭露丁浩的童年「趣事」。

「噯，白斌，丁浩跟你回去沒尿床吧？」

「跟我回去？」白斌玩著手上的手套，抬眼看著李盛東，「喔，你是說，你把我跟丁浩推進河裡差點淹死，然後被救護車接回城裡去緊急治療的時候？」

李盛東在牆上蹭了蹭，忽然有點不好的預感。

白斌繼續玩著手上的手套，「我小腿骨折，肋骨斷了三根；浩浩休克，差點送進急診室做電擊復甦，吸了一個星期多的純氧……」

丁浩傻了。

這些都是什麼跟什麼啊？他還沒反應過來，白斌又對李盛東說：

「不過也沒什麼事，多虧我們帶的錢夠多，我們住院花的錢大概有……唔……大概有兩千吧？喔，你手裡的那盒甩炮是五毛吧？兩千能買四千盒……」

李盛東立刻把手裡的東西藏到身後，一臉警戒。

「這個是我幫別人代買的，等一下要幫別人送過去。」

這個死孩子心眼小，自從白斌計算盒數就想賴皮，生怕白斌把他手裡的東西搶走。

白斌對他擺了擺手，臉上也沒什麼表情，「我不要那個。」

李盛東剛鬆了一口氣，就聽見更要命的。

「我要那個也沒用，李盛東，你知道分期付款嗎？就是說你欠了人家錢，欠了人家醫藥費，可以每次都還一部分，分幾年還清。過年都有壓歲錢吧？你口袋裡裝了多少？」

白斌的目光剛落到李盛東的口袋，那個死小孩立刻捂緊了。

「沒有！我這是我媽給我買醬油的！」

李盛東看著白斌，害怕了起來，捂著口袋支支吾吾地說：

「那什麼……丁浩，我媽等等要來找我了，晚點再找你玩，我先走了啊！」

說完，一下子從牆上滑下來，跑到院子那邊拔腿就跑，連頭也不敢回。

白斌伸出戴著手套的手，對他揮了揮，語氣十分友好，「這幾天我不在，你把錢還給丁浩也行啊！」

李盛東踉蹌了一下，跑得更快了，沒一會兒就不見人影。

丁浩嘆為觀止，拍著白斌的肩膀，笑彎了眼，「好樣的！」

白斌大戰李盛東，完勝。

第四章　陪你長大

白斌給的那個小豬存錢筒裡有一千七百塊錢，丁浩跟白斌從外面回來後，看到丁遠邊也在，找機會悄悄把錢拿給了丁遠邊。

厚厚的一個信封，讓丁遠邊嚇了一跳。

「這是從哪裡來的？」

丁浩嘴裡含著糖，指著那個信封說：

「用奶奶的金飾換的，奶奶說那些是要給我娶老婆的，先借給你急用，還說其他人都不知道，也讓您別說出去。」想了想又加了一句，「爸，你記得以後加上利息還給我啊！」

丁遠邊收下後，還是不放心地去問丁奶奶。

「媽，不是說那些是爸留給您的，不能動嗎？」

丁奶奶不知道丁浩這麼迅速就折現了，還以為丁遠邊在說那幾樣老金飾，連忙對丁遠邊擺擺手，「幫得上就幫一把，畢竟你們都是我身上掉下來的肉。再說，你們過得好，我的寶貝浩浩也能跟著享福，我這個老婆婆也能沾沾光不是嗎？」丁奶奶八成是和丁浩講好了，也囑咐丁遠邊，「用完了還給浩浩，那是要給他娶媳婦的啊。」

丁遠邊哭笑不得，「媽，我娶媳婦都沒見到您這麼大方！」他身上有了錢，也就鬆了一口氣，「您這裡還缺什麼嗎？我等等送來給您。」

丁奶奶連忙說不用。

「老大他們送了年貨來，我一個老婆婆哪吃得了那麼多。你把浩浩留下，和我作伴就行了。年前工作很忙吧？要是忙，你就早點回去。」

丁遠邊笑了。

「媽，您這是有了孫子，就不要兒子了嗎？那好，我就先回去，初一再來看您。」

「好，那時候你哥跟你姊他們也該來了，大家一起熱鬧。」

丁奶奶送自家兒子出去，門外停的還是那輛送白斌來的車，上頭裝著的年貨分發完了，過來接白斌回城裡，丁遠邊就搭了一趟順風車。

白斌坐在後座，有禮貌地跟丁遠邊打招呼。

「丁叔叔好。」

丁遠邊看到白斌老是往車窗外看，連忙跟他解釋，「浩浩要留這裡跟他奶奶過年，年後開學了才回去。」

白斌點頭表示知道，也不讓司機開車，還在往外看。沒一會兒，就看到丁浩從裡面拿了一個盒子跑出來，遞給白斌，還趴在白斌耳邊，小聲地跟他嘟囔了幾句。

白斌點點頭，這才讓司機開車離開，跟丁浩揮手道別。

丁浩在後面連連擺手，「爸！再見！白斌，再見！」

丁遠邊也對丁浩揮揮手，臉上露出一點欣慰的笑容。

他覺得丁浩終於懂事了，白斌要離開，還記得送點小禮物，這孩子上了學就是不一樣啊。

……丁遠邊要是知道丁浩給了白斌什麼，肯定會吐血！

丁浩大老遠跑出來送的，只是個玻璃的糖罐子。裡頭已經空了，丁浩跑來遞給白斌，趴在他耳邊悄聲嘀咕：「我會把錢存進小豬裡，你也繼續存在這裡面啊！」

真虧白斌脾氣好又願意疼他，還點頭答應他了。要是脾氣差的人，早就一巴掌拍在丁浩的腦袋上了！亂來！！

◇

白斌回到家，還真的把那個大玻璃瓶擦洗乾淨，擺在臥室裡。

他想了想，從褲子口袋裡掏出幾枚硬幣放進去，叮叮噹噹，還滿好聽的。白斌想到丁浩回來的時候肯定會抱著那個罐子來回搖搖，光想就能笑出來。

他的浩浩是個小財迷。

白斌要把裝著玻璃瓶的包裝盒拿去扔掉時，忽然看到裡頭有一張紙條。拿出來看了看，是丁浩寫給他的：

『白斌，我把錢借給我爸了，他答應之後還的時候，會加倍給我們利息，哈哈！我回來的時候就會把小豬抱回來喔，我花錢不知分寸，還是你替我顧著好！等我回來！』

丁浩現在寫的字滿好看的，這次寫的更是一筆一劃都特別認真，後面還有個簡筆劃的小人，咧著大大的笑，看到就開心。

白斌又看了一遍才把那張紙條夾在書裡，放在書櫃最後面，最後又不放心地調整了一遍位置，默默地看了一會兒就去睡了。

他像被紙條上的小人感染了一樣，一整晚睡覺都揚著嘴角，覺得丁浩最後的那一句寫得最好。

字也好，話也好，就這麼想了半天，才迷迷糊糊地睡著。

◇

白斌臨走的時候看到丁浩家新裝了家用電話，很委婉地跟丁浩說可以打電話給他，充分考慮到丁浩對錢的執著後，又表示響兩聲，由他回電也行，因為他記得丁浩家的電話號碼。

丁浩也拍著胸口表示完全沒問題，但沒過幾天就被雜七雜八的事弄得提不起打電話的興致。

丁浩家是一大家子，丁浩爸爸排行第三，上面還有一個哥哥、一個姊姊。丁奶奶雖然對兒女還算是一視同仁，但是在孫子輩的這些小孩中，顯然更疼愛丁浩一些。

沒辦法，丁遠邊的大哥老早就去城裡工作了，娶的老婆是同單位的工人。兩人覺得城裡的周邊配套設施好，教育也好，不太願意讓孩子回鎮上。

丁浩的大伯母是個有心機的人，坐月子的時候就把自己住在同城的爸媽接過來，丁浩他大伯覺得都住在城裡也方便，就默許了。一照顧就是好幾年，孩子都會走路，會叫人了，丁奶奶也沒見過幾次面。

丁浩姑姑家的孩子是個女孩，丁奶奶疼女生，自然也疼這個外孫女。只是這孩子跟回來幾次後，總是覺得丁浩什麼東西都比她好，這個也要，那個也要。丁浩對自己人還算大方，一連送給她許多東西，有一次竟然連丁浩穿著的小外套也拿走了。

大冬天的，丁浩咬牙發著抖回來，見到丁奶奶也不哭，還咧嘴笑著：「張蒙說她的衣服髒了，要跟我換，但我嫌那個粉裡粉氣的，沒拿！」

還是跟他一起回來的李盛東心眼多，偷偷跟丁奶奶打小報告，說張蒙是要跟丁浩換，可是丁浩一脫下來給她，她就不換了。一碰到她她就哭，丁浩就這樣穿著毛衣回來了。

丁奶奶氣得很，但是那女孩一年也沒回來幾次，實在無法罵她。張蒙就更不好說了，她畢竟是姓張不姓丁，張開口也下不了嘴。

為此，丁奶奶也不太喜歡張蒙。

也只有丁浩是她從小就抱著長大的。這孩子看起來淘氣，但說穿了，就是毛毛躁躁的，總惹出麻煩，心眼不壞。周圍愛跟他玩的小孩不少，就拿那個李盛東來說，那孩子跟丁浩老是打架，但兩人也不記仇，現在丁浩被張蒙欺負了，還知道要越級告狀。

丁浩現在自然不會把張蒙的這點鳥事放在心裡，但看到她，心裡還是有些不痛快。不是因為小時候，是因為長大後的張蒙做事也沒有分寸。

她跟別人私奔過一次，在人家男方家裡住了半年，後來雖然回來了，但是名聲不大好，被鎮上的人議論過好一陣子。那時候丁奶奶走得早，要是還活著，大概會被張蒙活活氣死。

不過張蒙不覺得，還死皮賴臉地叫丁遠邊幫她介紹工作，要進行政單位當個小行政助理什麼的。丁遠邊礙於丁浩他姑姑的面子，硬著頭皮把她弄了個臨時工的職位，進去後也沒少讓丁家丟臉。

此刻，張蒙在旁邊吱吱喳喳的。不得不說，丁家的基因還是很好的，就這樣不深入接觸的話，真的會覺得張蒙是個活潑的小美女。

那張臉蛋遺傳了丁浩姑姑的瓜子臉，皮膚白嫩，襯著一雙烏黑的眼睛，水靈靈的。張蒙現在正看著丁浩的紅色小羽絨衣羨慕，摸著那一圈白羽毛邊問：

「浩浩，你這件衣服真好看，是小舅從城裡帶給你的吧？真好看，還軟軟的呢。」

丁浩懶得理她，自己咬著一顆蘋果，也給旁邊的丁泓——就是丁浩他大伯家的孩子，丁浩的堂哥。

丁泓有點靦腆，拿了一顆，但拿在手裡也不吃。

張蒙跟丁浩比較熟，看到丁浩給丁泓蘋果卻沒給自己，就開始耍小心眼。

「丁泓是從城裡來的，才不稀罕吃我們這裡的蘋果呢！」

丁浩啃了一口蘋果，按著遙控器轉台：

「妳管人家吃不吃，不吃的話，要都搬到妳家去嗎？」

丁奶奶疼女生，又都住在同個鎮上，每次過年吃不完的水果什麼的都喜歡帶一點給她。張蒙吃習慣了，現在過來都直接先把好的東西裝進包包裡。丁浩姑姑念過她幾次，不過成效不大。

丁浩說得太直白，刺激到張蒙了，漲紅著一張小臉，氣呼呼地說：

「我、我才不稀罕呢！誰帶回家了！丁浩你再欺負人，我就告訴奶奶！」

丁浩喀嚓喀嚓地啃著蘋果，大過年的，也不想給大人添麻煩，幫張蒙找臺階下。

「好好好，是我錯了，可以嗎？你們都不稀罕，就我稀罕吃蘋果！那我就都吃了，謝謝啊！」

話剛說完，就聽見旁邊也響起細小的喀嚓聲。

丁浩轉頭一看，笑了，丁泓像在配合他似的，小口地啃起蘋果來了，看到丁浩正在看他還對他笑了笑。

丁浩瞥了一眼電話，想了想還是沒打給白斌。去向白書記拜年的人肯定不少，他不能耽誤白斌賺外快的機會，這一聲聲「叔叔」、「阿姨」喊完，會賺進多少鈔票啊，絕對不能耽誤了白斌的大事。

丁浩心安理得地繼續啃蘋果，跟著電視小聲地哼著歌。

大過年的，白斌也不好意思打電話給丁浩。

他家裡裡外外、進進出出的都是人，況且，現在雖然還流行打電話拜年，但出門都會先打電話問一下主人家在嗎？方便我們過去拜年嗎？

白斌家就是這樣，電話一通接一通，人也是只見多，不見少，白斌坐在那裡心想，等人少一點，再打電話去丁浩家問候一下。

正想著就聽見有人叫自己，抬頭一看，嚇了一跳——

紅通通、圓滾滾的白露站在自己面前，小臉都被大紅色的羽絨衣遮起來了，勉強能看到紮得很高的兩支羊角辮，遠遠一看，就像白斌家掛在門外的大紅燈籠。

白露一大早就去向爺爺拜年，卻沒見到白斌。一打聽才知道跟她哥錯過了，沒見到面。小女生不高興了，當下就要去白斌家，但白露她媽還有一圈的親戚還沒拜年，因此連勸帶哄的，又承諾拿到的壓歲錢都給白露自己拿去花，小女生這才稍微配合一點，跟著拜了一圈，最後又催又喊地來到了白斌家。

白斌其實很喜歡這個小堂妹，對她也比別人客氣一點。

「白露，家裡很熱，妳把羽絨衣脫掉吧？」

「好！」

白露自然聽話，立刻去脫下羽絨衣、掛起來，再回來的時候穿著一件橘紅色的小毛衣，白露媽媽怕她冷，又幫她套了一件獺兔毛的背心外套。可能是覺得白露在長高，故意買得大一點，白露穿起來幾乎要超過了膝蓋。

小女生頂著兩支羊角辮，開心蹦跳地跑了過來，怯生生又充滿期待地看著白斌，「哥！你覺得我的新衣服好看嗎？」

白露穿著一件銀灰色的毛背心外套，一圈毛蓬鬆軟滑，頭上的羊角辮綁著一樣是橘紅的蝴蝶結，紮得很高，就那樣站在白斌面前，睜著一雙骨溜溜的黑眼睛，眼巴巴地看著白斌，幾乎讓人以為她是隻毛茸茸的小松鼠。

白斌忍著笑，咳了一聲，「好看！」

白露兩隻手握在前頭，來回搓了幾下，笑得露出剛換好的小門牙，「真的啊？」

白斌的嘴角已經快繃不住了，趕緊點了點頭，「真的，很好看！」

要是丁浩在這裡，肯定會當場笑翻，連眼淚都流出來。再缺德一點就會跑到樓上，搬一本附有圖片的百科全書之小動物版，一頁一頁翻，讓白露認親戚。

所以說，白斌實在是個厚道的孩子。

白露也察覺到丁浩不在的好了，現在她跟她哥靠在一起坐半天都不會有人來打擾，也沒人嘴賤找碴了，吃東西都能先讓她挑來吃。小女生抱著一顆大柳丁啃得一臉幸福，今年過年真好啊。

吃晚飯的時候，白書記來接白斌跟白露去老家吃飯。白斌他媽跟白傑在外地還沒回來，白露她爸也回鄉下老家去了，兄妹倆就想帶孩子去白老爺子那裡吃幾頓熱鬧的飯。

白老爺子自然很願意，一大家子老老小小的，多熱鬧啊。

吃完飯白露就睏了，揉著眼睛睜不開，白露她媽要抱她去睡的時候還堅持了一下，「我要跟我哥玩！媽，我不睡覺！」

白露她媽是明理人，對白露動用武力前都會事先商量。她抱著白露往樓上走，「露露，妳自己說，是想要被打哭後睡著，還是自己睡啊？」

白露沒想到這會變成選擇題，頓時覺得她媽抱著她的那雙大手不那麼溫暖了，想了一會兒，老實地妥協了，「我自己睡。」

沒有白露在旁邊盯著，大人們又都被白老爺子叫到書房去了，白斌想了想，走上二樓。他在白老爺子這裡有一間固定的小臥室，裡頭有一部電話。現在沒人，可以打電話給丁浩拜年問候一下。白斌找出丁浩家的電話，撥過去沒過一會兒就接通了。

『喂？丁府。』接電話的聲音一聽就是小孩，嘴裡的糖咬得喀啦作響，『您找哪位？』

白斌都能想像到丁浩躺在客廳沙發上，咬著糖、接電話的模樣，噗哧一聲笑了。

「我找丁府的老太君，要和她老人家拜年，說聲新年好。」

丁浩在另一頭大概也聽出白斌的聲音了，喔了一聲，『你等一下啊。』

話筒沒放下，衝到另一邊就一五一十地喊：『奶——奶——！！白斌來向您拜年了！說要祝您新年好！』白斌被他震得耳朵發麻，心情卻很好。過一會兒，又聽到電話另一頭說，『你不和我們家丁少問好啊？我們丁少現在有空，過期可不候啊。』

白斌笑到不行，「喔，那也趕緊向丁大少拜年吧？新年好啊，浩浩！」

兩人鬧了半天，白斌聽到電話另一頭的鞭炮劈劈啪啪地響了，似乎有人進來跟丁浩說了什麼，接著就聽見丁浩的聲音說：

『白斌，奶奶叫我去點炮仗了，不跟你說了，開學我就回去！』

白斌說好，又囑咐他玩鞭炮時小心點，這才掛了電話。

轉頭看著窗戶外也相繼亮起來的爆竹煙火，大團大團的銀色煙火飛入空中，猛然炸開，一朵朵地灑在空中，美不勝收。

白斌心想，丁浩在家看見的，是不是也是差不多這麼熱鬧的場面？

這是丁浩跟白斌第一個分開過的新年，當然也不是最後一個，白斌一直記著那時候的煙火，放在天上白晃晃的，五顏六色，卻總讓他覺得像是沒有生命的冰冷存在，直到許多年後跟丁浩嘗到了極致的快樂，那個時候在心底炸開的煙火一如當年，絢爛、奪目，卻比那時多了一份灼熱的甜蜜。

也許人總是會對自己最初的那份記憶印象深刻，白斌永遠都記得那個摔進洗衣盆裡的丁浩，那個帶著笑、分自己橘子糖的丁浩，也會記得那個固執地留在河裡，救了自己的丁浩，得意的、驕傲的……抱起來柔軟而溫暖，永遠陪著自己的丁浩。

沒有什麼是比陪著自己的愛人，看著他一天天長大更幸福的了。

很多年以後，白斌這麼想著。那個時候的丁浩趴在他身上睡著了，眼睛閉著，發出微微的呼吸聲，在他胸前帶起一片溫暖。

◇

假期的日子過得很美好，丁浩在丁奶奶那裡活生生長胖了一圈，臉上一笑，會露出一對小酒窩。白斌掐著他的臉，不由得感嘆丁家的伙食好，這是要吃下多少雞翅啊？還要口味不重覆的丁浩才肯吃，丁奶奶真是辛苦了。

丁浩抱著小書包，直接來到白斌家。丁遠邊知道兩人愛一起玩，但是送丁浩來的時候還是帶了一份禮品。

丁浩這個死小孩肯定不會在人家白家多講規矩，沒惹事就該偷笑了，現在還是先跟人家客氣一下，萬一真的闖了禍還能挽救。

丁遠邊前腳剛走，丁浩後腳就拆開了他爸帶來的禮物，叫白斌拿杯子來，「白斌，來嘗嘗這個，我奶奶自己弄的草莓醬還有葡萄酒，可好喝了！」

白斌拿了兩個小碗，跟丁浩一人弄了一點草莓醬挖著吃。

丁奶奶過年時收到一大盒新鮮草莓，想要留給丁浩吃，可是草莓很容易壞，丁奶奶就把它做成一大罐草莓醬帶來給丁浩。

裡頭有細小的香米顆粒，咬起來脆脆的，酸酸甜甜的很過癮。丁浩還想倒葡萄酒，被白斌攔住，「你喝葡萄汁吧？我去幫你拿，這個給吳阿姨喝好了。」

白斌過年時見到白露偷喝了一杯葡萄酒，沒一會兒就睡著了，他怕丁浩喝了也會睡著。白斌很久沒有見到丁浩了，想讓他再多陪陪自己。

丁浩嘴裡有草莓醬，也沒再堅持，幫吳阿姨倒了一杯後送過去。

「阿姨！妳喝一杯吧，是我奶奶自己做的！可好喝了！」

丁浩笑得很可愛，完全是一種炫耀的得意神態，吳阿姨一下子就被他的小酒窩迷倒了，接過杯子，揉了揉他的小腦袋。

「好乖，好乖，謝謝你啊，浩浩！」

嘗了一口，果然帶著一股水果的清香。可能是考慮到要給小孩子喝，做得比普通的味道淡了一些，也沒有酸澀的口感。

「好喝，你奶奶真是厲害，改天我要跟她學學做葡萄酒！」

丁浩更得意了，舔著勺子上的草莓醬，回來跟白斌炫耀，「你看，沒喝後悔了吧？我在家裡喝了好多，就跟葡萄汁的味道一樣，還沒添加防腐劑……」丁浩吃到嘴邊都沾到了草莓醬，白斌伸手替他指了指，「那邊沾到了。」

丁浩愣了一下，伸出手指抹了一下，果然沾到了一點，伸出舌頭舔掉。

「我說，你吃個東西也這麼麻煩，我在家都這樣吃的。我跟你說啊……」

白斌的眼睛順著丁浩的手指看過去，忽然有點後悔剛才提醒丁浩了。如果是用自己的手指幫他擦乾淨，浩浩也會舔他的手指嗎？那個動作跟小動物很像呢。

這麼想著時，忽然聽見丁浩叫他，白斌抬起頭來看著丁浩，又問了一遍，「什麼？」

丁浩已經把自己的草莓醬吃完了，把碗放在茶几上。

「我說，我們回你房間吧？我這幾天東跑西顛地去親戚家，今天坐了一整天的車回來，好累喔。」

白斌自然答應了。把碗收拾好後交給吳阿姨，帶著丁浩回房間。

丁浩的被子、枕頭還是依照原樣地擺在那裡，又多了一條小薄被，桌子上也是多了一個小青蛙的馬克杯，用來泡芝麻糊的。

白斌聽丁浩嘀咕過想吃芝麻糊，早就幫他準備好了東西，就等丁浩回來了。

丁浩看了一眼那個小青蛙杯子，又問白斌，「只有一個？你不吃啊？」

白斌搖搖頭，「我不愛吃甜的。」

丁浩喔了一聲，又回過頭去看別的，主要在尋找他給白斌的那個玻璃糖罐。看了一圈，馬上就發現了那個玻璃糖罐，被白斌擦得閃閃發亮，放在書櫃上，裡頭裝了不少硬幣。丁浩圍著它轉了一圈，回頭問白斌，「你的壓歲錢呢？怎麼都是硬幣啊？」

白斌跟他解釋了一下，「我存進銀行裡了，辦了一個帳戶，你要看嗎？」

丁浩點點頭，白斌從抽屜裡拿出來給他，丁浩看了一眼數字，咂舌道：「這麼多？」

白斌也湊過去，歪著頭跟他一起看，「還好吧，今年我媽回來了，」白斌伸手指了指那個存摺上的數字，「這裡面，她給的就占了一半。」

丁浩感慨了一聲，又問他，「那你弟弟也回來了？身體好一點了吧？」

白斌的弟弟白傑，當年也是赫赫有名的人物，海外留學回來後又創立公司，又辦學校，每年都繳納大筆稅金給當地政府，說是小財神爺也不為過。

「你還記得白傑？他身體好了一點，媽媽帶他回來了。」白斌看起來很高興，指了指書桌上的相框，「喏，那個就是過年時一起拍的。」

丁浩順著那個方向看去，果然有張很喜慶的照片，人人都是大紅色的中式唐裝，最中間的一個老人抱著一個戴著西瓜皮帽子的小孩，看起來瘦瘦小小的，眉眼倒是跟白斌有幾分相像。

這就是白傑了吧？丁浩見過他一次，是跟白斌去一個私人宴會的時候。他記得白傑也不怎麼愛說話，看起來很內斂，單就氣質來說雖然沒有白斌來的強勢，但好歹也是身高一百八十公分的海歸菁英，沒想到小時候是個多愁多病的身子，嘖嘖。

再旁邊就是白斌了，站得筆挺，繃著嘴角，也不見他笑，就那樣站在前面。老人另一邊是個紅通通的小丫頭，綁著羊角辮，笑得燦爛，跟白斌形成鮮明對比，丁浩一眼就認出來是白露。後面一大排是白家的各色親戚，丁浩勉強認出了幾個，不由得吐了吐舌頭，「你家人這麼多啊？」

白斌笑了，「是啊，不然哪來這麼多壓歲錢。」

丁浩也笑了，把存摺還給白斌，「也讓你看看我的！」他跑去拖來自己的小箱子，拿出裡頭的小豬存錢筒，小豬肚子裡的錢各色面值的都有一些，看起來很滿。

丁浩把它遞給白斌，「裡頭沒多少，你明天也拿去幫我辦個存摺吧？」

白斌點點頭，丁浩的眼睛又轉了一圈，跟他商量，「那什麼，要是差了十塊八塊的，你就幫我補齊，湊個整數吧？」

白斌又笑了，「好。」

幫丁浩收拾好他帶來的幾件衣服，一起放在衣櫃裡，看著逐漸裝滿的衣櫃，白斌才覺得有點安心了。

白斌從來沒跟一個人這麼親近地生活過，哪怕是他爸媽，也沒有這麼形影不離過。丁浩跟他吃飯、睡覺、上學都在一起，平時也不覺得怎麼樣，冷不防地，一段時間沒見到他，還真的覺得周圍冷冷清清的，不適應了。

丁浩漱洗完，躺在床上不動，白斌幫他揉揉小手臂，看他哼哼兩聲就問他，「很累？」

丁浩翻了個身，讓出空位讓白斌躺下，嘆了口氣。

「心累啊！我跑前跑後的，忙了一個春節才拿了幾百塊錢，」丁浩又想起白斌存摺上的數字，心裡有些不平衡，「唉，都比不上你的零頭！！！」

白斌很疑惑，「浩浩，你很缺錢嗎？」

丁浩點頭，「是啊。」

白斌更不解了，「你要這麼多錢做什麼？」

丁浩躺在床上閉著眼睛，嘴角勾了勾，卻更像苦笑，「白斌，你不知道，這玩意兒有時候能換命啊……」

如果丁奶奶的病及時發現，如果當時有足夠的金錢送老人家轉院治療，也不會那麼早就走了。

丁浩有些煩悶，抓了抓頭髮，「我跟你說這些也沒用，反正，我現在賺錢是在為將來做準備。」

白斌還在幫丁浩揉著手臂，也不說話，讓丁浩有點心慌。他抓著白斌的手坐起來，「白斌，你、你是不覺得我特別愛錢，老是跟你要錢啊？我那個什麼……我不是故意跟你要錢的，真的不存心想占你便宜什麼的，我現在是沒錢，但你等我賺到錢，賺了就還你……」

白斌在他腦門上彈了一下，笑了，「不用還，都送給你。」

丁浩臉都紅了，「哪、哪有人送別人錢的啊！」

白斌看他舒服一點了才去關小檯燈，湊過去跟丁浩擠在同個被窩裡，又把自己的被子蓋在兩人上頭，「怎麼不行？浩浩你都住在我這裡了，把錢給你也沒什麼。」

白斌想得很簡單，錢在你口袋裡，但你人都在我這裡了，錢還會跑掉嗎？

但這句話傳到丁浩耳裡就變了調。丁浩以過來人的心理理解這句話，覺得白斌這個人真的是，從小就算計得那麼精細，這才借了多少錢，他連人都是白斌的抵押品了。

丁浩忸忸怩怩的，白斌摟著他也感覺出來了。

「是不是還有哪裡不舒服？坐車很累吧，我再幫你揉揉？」

丁浩心裡的彆扭忽然消失了。是他想太多了，白斌對他從來不會想這麼多吧？

算了，抵押就抵押，反正這輩子也不準備離開了。

白斌見他不回答，伸手要繼續幫他按摩時，丁浩搖搖頭，在白斌的懷裡蹭了蹭，「很舒服。」

跟他頭靠著頭的小孩立刻就笑了，額頭頂著他的，「嗯，我也是。」

這一晚，丁浩睡得特別沉，熟悉的氣味環繞著，讓人一下就進入了夢鄉，白斌也這麼覺得。

暖暖的溫度一直傳到他身上，白斌抱得舒舒服服，也睡得格外香甜。

◇

白斌的課程不累，又間接學了一點別的，丁浩跟白露自然跟著他學。

丁浩想學點高雅的，圍著鋼琴打轉。而白露接觸過這玩意兒，知道學鋼琴的苦，轉頭就去看別的了。

白露她爸是當兵的，連帶著白露的興趣也顯得鐵骨錚錚。小女生喜歡武術，舉著一根棍子非要學武，白露她媽被鬧到沒辦法，就讓她學了。

練琴的都知道，手小按不到鍵的話要掰開，那就跟刑罰沒什麼兩樣，丁浩的手指被掰得生疼，沒幾天就不學了。白斌倒是堅持了一段時間，不過也只學了幾首特定的曲子。

白露還沒學完武術，興趣又變了，迷上了古箏。那時候電視上正在播古裝片，會彈古箏是才女、美女的象徵。白露好歹也是個女的，這方面的競爭心理很強，就這樣來回鬧了一段時間，倒也學到了一點東西。

而且，丁浩一想到那位用童音教他們唱歌的女老師，就忍不住抽抽嘴角。多虧白斌定力好，硬是不吭不響地承受下來，還能冷靜地和她唱一遍。說實話，白斌唱得都沒有她的童音重，當自己是中文版的小甜甜嗎？丁浩在心裡翻了個白眼。

丁浩去才藝班前，跟丁遠邊打了聲招呼，丁遠邊正忙著幫丁浩他媽找工作關係什麼的，聽到丁浩說是興趣才藝班，又是跟白斌一起去，二話不說就答應了。學了一個多月才把他接回來，這時丁媽媽的工作找好了，還是安排在機關的幼稚園，待遇福利都不錯，丁遠邊看起來很高興，主動提出要帶丁浩他們出去玩。正好，丁媽媽還沒有開始上班，全家決定去附近的森林公園看看，當成郊遊。

臨走的時候，白斌問了那座森林公園的事，但也沒多說什麼，只喔了一聲。

丁浩知道他這段時間的課程排得很滿，拍拍他的肩膀，語重心長地囑咐白斌，「好好學習，天天向上啊！」

白斌笑了，抱住他後指了指自己的臉，「親一下就讓你走。」

丁浩的臉黑又黑。就說教學影片也有不教好的吧！白斌學了外國語種，裡面的老師教他外國人見面會臉貼臉，表示好朋友之間打招呼，白斌回來就開始跟丁浩做實驗，臉貼完了還要親親，這都是誰教的！

丁浩沒辦法，趕緊在他臉上大聲地親了一口才算完事。白斌看起來滿喜歡這種打招呼方式的，去送丁浩時都是笑咪咪的。

丁遠邊提前跟部門裡打了招呼，上司也很給面子，留了一輛出差用的商務車，三排座，特別寬敞。唯一的缺點是這輛車是行政執法用的，後面掛了加長的半截車體，大塊透明玻璃上鑲著鐵欄杆，還有鎖，一看就知道不是關好人的。

丁遠心想只有三個人去玩，開這麼大一輛車有點浪費，就打了通電話回家，問丁奶奶要不要去。

沒想到被在丁奶奶那裡玩的張蒙聽到了，小女生對城裡充滿好奇，正巧，她這次的作業裡有一篇《遊XX景區》的作文，一聽說要去森林公園就吵著也要跟去。

她要去的話，丁浩他姑姑也必須跟去照顧，丁浩姑丈也希望能去看看。他是希望能跟丁遠邊多搞好關係，以後工作用得上，這一下就多了三個人。丁遠邊算了算，座位還夠，也就爽快地答應了。自己一年也見不到姊姊幾次，接他們一家來城裡玩也是應該的。

丁浩想到張蒙愛鬧，到時候就剩下自己跟她一起玩，說不定又會惹什麼麻煩，帶著拖人下水的心理，也把丁泓拉進隊伍裡。也正巧，丁泓的作業也有一篇《遊XX景區》的作文，本來就想去那個森林公園，這下子大家一起去也好。

丁泓還小，身為母親的王梅也就跟來了，不得不說，丁浩這個大伯母還是知道禮數的。孩子小，她得親自帶著，這下子就又增加了兩個人，但是平白跟人出去一趟，過路費、景點費都讓老三出了，她就幫各家孩子買了一點零食、玩具什麼的，在路上消磨時間。那些東西雖然不值多少錢，但好歹也是一份心意。

這比丁浩他姑姑強多了。丁遠邊的姊姊叫丁蓉，她小時候生病，腳有點殘疾，早早就不上學了，下來幫家裡幹活，讓自己的哥哥和弟弟繼續上學。她從小功課也不差，因此看到自己兄弟都到城裡工作了，自己還在鎮上做點小買賣，心裡就格外不舒服。她有時候會覺得她兄弟現在的這些東西是她應得的，要不是她放棄上學，她大哥當年也不會考上技校，去當工人，老三也不會考上中專，現在混成了小公務員。

因此，對丁遠邊接送她們一家去森林公園的事有種理所當然的意思，連帶著張蒙也被她的這種想法影響，對丁浩很不客氣。

三排座、八個位置，丁遠邊自然是司機，丁奶奶暈車就坐在副駕駛座，後面兩排坐了三個孩子、四個大人，各自抱著孩子坐的話還能擠一擠，但錯就錯在丁蓉接到消息，為了進城收拾了一大包的東西，吃的喝的，還有預防變天，幫張蒙帶的小衣服、小傘，甚至還有一床夏涼被，要讓張蒙在車上睡覺用；丁奶奶也疼丁浩，帶了水果；另一邊，丁泓他媽也是一大袋的零食玩具，光是這些就占掉了一大半的位置。

幸好還有個有鎖的外掛後車廂，丁遠邊收拾了一下，就放到後面了。

最後安排的結果是，丁浩姑姑一家三口坐一排，最後一排放了一點路上必備的東西，讓丁浩他媽跟丁浩的大伯母王梅、丁泓擠，丁浩由丁奶奶抱著，擠了一車的人就上路了。

一路上倒是很熱鬧，除了稍顯擁擠也沒什麼，畢竟都是一家人，說說笑笑就過去了。

丁遠邊怕老人受不了顛簸，一出發就開上了高速公路，老人看到周圍的變化很大，難免一陣感慨，「變化真大啊！」

丁浩跟著點頭，「是啊，這變化太大了！」

這一大片荒地沒蓋房子的樣子真新鮮，丁浩看了也很有感觸，他記得這一片以後會蓋得都是廠房吧？

丁遠邊氣到笑出來，「小兔崽子，你知道什麼！就跟著亂點頭。」抽空瞄了一眼，不放心地囑咐，「你往前站，別老是坐在你奶奶腿上，累到她了！」

丁奶奶一把抱住丁浩，「你開你的車吧，別的就不用管了。我都多久沒見到我的寶貝浩浩了，還不讓我們親熱親熱啊？」

丁遠邊不敢惹丁奶奶，連忙說好。其實丁浩一直往前站著，壓根就沒坐到他奶奶身上，丁奶奶心疼他，在後頭摟著他呢。

丁浩還沒說話，後面的張蒙就伸出頭來說，「丁浩，前面舒服嗎？我在後面什麼也看不見！」

丁浩一聽到她說話就生氣，回頭看了她一眼後說：

「妳趴在窗戶上往外頭看啊，看前面做什麼？」又看了看最後一排，老老實實地看著窗外風景的丁泓，對張蒙努了努嘴，「妳看看人家丁泓，一路上都一直在做紀錄呢，回去之後他寫出了作文，妳寫不出來怎麼辦啊？」

張蒙好勝心強，聽完後果然回頭看了看丁泓，倒是把丁泓看到害羞了，手抓著衣服，不知道該說什麼。但張蒙靜了一會兒，又鬧出了笑話。

張蒙沒出來玩過，覺得什麼都新鮮，她覺得丁浩現在去城裡讀書又跳級，滿厲害的，就打定了心思，跟著丁浩走準沒錯。

丁遠邊把車停在高速公路服務區內讓大家休息一會兒，張蒙就跟著丁浩、丁泓一起下去閒逛。

旁邊有個當地土產的專賣店，她看到什麼都覺得新鮮，不知不覺就跟著丁浩走進了洗手間，而丁浩把她攔在門口，「我說張蒙，我上廁所妳也要參觀啊？」

張蒙這才回頭看自己跟到了什麼地方，臉一下子紅了，叫了一聲就跑了！丁浩終於擺脫了這個跟屁蟲，跟丁泓去放水，沒想到回到車上就被告了一狀。

「浩浩，你姊姊膽子小，你們再怎麼樣也不能騙她去男廁啊！」

丁浩的姑姑丁蓉很不滿意，抱著自己女兒一邊安慰著，一邊數落丁浩。

「男孩就該讓女孩，下次不要欺負你姊姊了。」看到旁邊的丁泓也有點責怪的意思，「丁泓也是，做哥哥的要多照顧妹妹啊。」

丁泓跟著過來，聽到這番話不由得驚訝地看著姑姑懷裡的張蒙。

事情不是這樣的吧？怎麼就變成他們騙張蒙去男廁了？是張蒙自己跟去的啊……

丁泓剛要解釋，就被丁浩伸手拉住了，丁浩笑得一臉歉意，連連向姑姑還有張蒙道歉：

「對不起啊，姑姑！我們在那裡閒逛時，張蒙突然說想上廁所，我們看到一間開著門的地方就馬上跑進去了，也來不及看是男廁是女廁，等裡面的人喊了一聲才發現是男廁。唉，這……這張蒙都脫下褲子了，也不能不尿完……」丁浩說得一臉愧疚，恨不得指天立誓，拍著胸口跟姑姑保證，「姑姑，妳放心啊！下次我們一定會看清楚是男廁還是女廁再進去，哪怕是張蒙尿褲子了也不能帶她進男廁，您放一千一萬個心！」

本來聽到丁浩姑姑這樣指責自家孩子，心裡不太舒服的丁浩媽媽跟大伯母噗哧一聲笑了出來，連丁奶奶也往這邊看。

埋在她媽懷裡裝可憐的張蒙也坐不住了，抬起頭來瞪著丁浩說不出話來，氣得眼淚都要掉下來了。丁浩更是驚訝，連忙向姑姑提議，「姑姑，要不然您看看張蒙有沒有把褲子弄濕吧，她剛才蹲得滿急的……是吧，丁泓？」

丁泓沒想到丁浩會問他，但丁浩明顯是跟他一夥的，畢竟他們不是都被張蒙冤枉了嗎？他也沒多想，趕緊點頭，「啊，是、是。」說完才發現自己說了人家小妹妹什麼，臉都紅了。

丁浩的臉可不紅，說起謊像在報告、演講一樣認真嚴肅，丁浩姑姑也從沒想過自家女兒會撒謊，一直都覺得張蒙是多乖多聽話的小孩，還認真幫她檢查了一下有沒有弄濕，張蒙癟著嘴，差點哭了，「我才沒有！我沒……」

張蒙心裡委屈得很，可是又不能說出來，看向丁浩時都帶著深深的哀怨。

丁浩斜眼看了她一眼，偷偷比了中指。

丁遠邊那麼瞭解丁浩，一聽就知道那是自家兒子亂說的，但他也多少知道張蒙有點小脾氣，丁浩又是從來不肯吃虧的人，兩人吵起來是沒完沒了，趕緊叫大家上車，出發。

丁浩打量了後面那半截車廂，看那裡還滿寬敞的，就跟丁遠邊提議：

「爸，要不然我去後面坐吧？」

他在前面不敢太往後倚著丁奶奶，要再顛簸地跑個一天、站個來回，腳都快廢了。剛抽空到後面一看，發現那半截有鎖的車廂還有一個半的空位，就是底下鋪著張蒙那床夏涼被，坐著的空間矮了一點，不過就丁浩的小個子在裡面還是綽綽有餘。

丁浩坐到後面車廂裡，脫了鞋，鑽進去後頓時覺得寬敞多了，丁遠邊還在問他，「丁浩，你坐後面可以嗎？」

丁浩應了一聲，「可以啊！舒服得很呢！您開車吧！」

他背後靠著一大包零食，身下是床小被子，軟呼呼的，半躺在那裡翹著小二郎腿，有多自在就有多自在，還哼起了歌。

丁泓向他靠近了一點，聽到丁浩在那裡喀嚓喀嚓地吃東西、哼歌，忍不住回頭看他，一不小心就跟丁浩對上眼了。

他臉皮薄，立刻愣住，眨了眨眼不知道該說什麼，對丁浩有些靦腆地笑了笑，試著跟他攀談，「你、你在後面不擠吧？」

丁浩以為他也想過來吃東西，立刻空出一半的位置，對他招手，「不擠啊，你一起過來，這分你一半！」

丁泓看了看他媽，看到他媽點頭了才往後爬。

後面確實不擠，體積大的那幾包洋芋片、蝦條都被丁浩解決了。丁泓過去跟丁浩貼著坐下，抱著雙膝往外看。這半截車廂上裝了大半的玻璃，往外看，看得特別清楚。

丁泓在一旁坐著，特別老實，睜著眼往外看，嘴裡還念著什麼。丁浩聽見了一句，就噗哧笑了。

「噯，你還真的把出來玩當成任務了啊？我還以為你在念什麼呢，嘀咕什麼春天來了，花都開了……哈哈哈！」

丁泓有點不好意思，拿著丁浩遞給他的那袋零食捏來捏去。

「我怕等一下玩著玩著就忘了，回去會寫不出來。」

這才是正經八百的小學生，多麼天真爛漫！！

丁浩聽到丁泓的話就開心了。嘖嘖，果然不能只跟白斌比，白斌算正常人嗎！看看人家丁泓，這才是小學生該有的模樣啊！哪個小孩不是一邊想著玩，一邊擔心回家作業的？再看看白斌，一板一眼的，他的計畫都恨不得跟著國家的發展計畫，排到多少年後去了！這就是不正常的小孩了。

丁浩懷著對菁英的憎恨這麼想著，嘴裡的蝦條咬得嘎嘎作響。

白斌有一套自己的方法，看起來不急不慢，其實一環扣一環。丁浩有時候覺得這孩子比自己還像重生過的，看著白斌的計畫表，丁浩都有幫自己照抄一份的衝動。

剛才說過，這半截車廂上裝了大半的玻璃，外面有欄杆又有鎖，丁浩他們從內往外看得一清二楚，反過來，從外往內看也一樣是高清晰度。這種一看就不像是裝好人的地方，人家能不多看兩眼嗎？

高速公路上車多，但都開得很快，也沒引起轟動，唯一停下來的地方不是服務區就是收費站，丁遠邊在前面服務區停過了一次，就沒再停下來，直接開到了收費站。剛到的時候還沒什麼，但收費站裡停的車多了，排起隊就麻煩了。

所有車都離丁浩家的車很遠，恨不得跟他隔著一個車身的距離，還有人好奇地探出頭來看著那標著行政執法的半截車廂，以及那個像籠子一樣的車廂裡載著的兩個小孩。

「這是搞什麼？怎麼青天白日的，連小孩也抓？」

「誰知道，該不會是慣竊吧？前幾天，報紙上說有人專門訓練孩子去偷東西！」

「看起來不像，是不是城裡不讓人乞討，把他們抓起來送回家鄉啊？」

這位一看就知道是愛看新聞的，知道現在有長官來了，在城裡大檢查呢！

「看起來很老實的孩子，怎麼這麼小就進去了……」

「小孩被抓到後不會判刑吧？噯，你看那孩子……」

「……」

丁浩聽到外面的動靜，臉都黑了，丁泓則猶猶豫豫地就開始往前爬。丁浩哪會讓他回去啊，兩個人一起被人指指點點，總比他一個人在這裡丟臉好！

他抱著丁泓不放手，「噯、噯，你要去哪裡啊，丁泓！你是不是兄弟啊？」

丁泓一遲疑就被丁浩扯了回來。丁浩拍著他的肩膀安慰他，「沒事，沒事，這裡都沒人認識我們，沒有什麼丟臉的，他們愛看，就大大方方地給他們看。我從前……咳，我在課堂上回答老師問題的時候，不也是在眾目睽睽之下嗎？」

丁泓還是不自在，支支吾吾地說要回去，丁浩拉都拉不住，正拉拉扯扯的，後面的車就按喇叭了，催促前面的快點繳過路費，都堵在這裡算什麼啊？

丁遠邊對這附近森林公園的位置不是很熟悉，下了高速公路就開得很慢，一路上照著路標走，後面有幾輛車超車，沒有一個不對關在裡面的丁浩側目。

丁浩被看得鬱悶，沒走成的丁泓也很鬱悶，抱著雙膝，跟丁浩蹲裡面不說話，恨不得把自己的頭也埋進去！

丁浩的心裡特別委屈，看到跟在後面的車正在看這邊，轉頭向丁泓拿了一支筆，找了張大白紙，刷刷刷地寫了字，貼在窗戶上面：

『再看收費！！』

貼完那張紙，可能是遮住了半張窗戶的關係，看的人果然少了一點，丁小浩心裡這才稍稍痛快了一點。

丁浩一路上頂著白紙，自娛自樂了一回，後來白紙黏不住了，乾脆扯下白紙，再有跟在後面的人看這邊，就裝出一副要用身體撞門出去的模樣嚇唬後面的車，把旁邊的車嚇得離得老遠，躲著這輛車。

旁邊的丁泓看著他，想跑又不敢跑，在一旁使勁地扯著衣角，他被丁浩折磨得不比那些司機輕。但丁浩沒空照顧丁泓那幼小的心靈，看到後面的車都被嚇跑了，很是得意。

哼哼，誰叫你們亂看！誰叫你們白看！

這倒是無形中幫了丁遠邊這個二流司機一把，丁遠邊覺得這個風景區的路修得真寬敞，司機開車也很有教養，大老遠地按喇叭示警過去，多有禮貌啊，丁遠邊也按按喇叭，回應了一下。

他要是知道是丁浩在後面裝神弄鬼地來這一招，肯定會把丁浩從籠子裡抓出來，非得打一頓不可！丁家八輩子的臉都被他丟光了！

丁浩玩得正起興，後面的車忽然又把方向燈轉過來，不超車了，就那樣跟在丁浩家的車子後面，不緊不慢地跟著。

丁浩對那輛車又演了一回，那輛車也沒有什麼反應，不躲不閃的，一路跟到了森林公園才閃了個車身，停在丁浩家的前面。看起來也是特意來這裡玩的。

丁浩還沒下來，就看見那輛車上跑下一個小女生，站在他對面，隔著鐵窗玻璃一臉痛心疾首，「丁浩啊，這才幾天沒見，你怎麼就進去了？」

頭上的兩支羊角辮跟著一顫一顫的，她張大了嘴型，對他比了幾個大字，恨不得捶胸頓足，「少、年、犯、啊！」

丁浩傻在原地。白……白露？我靠，不會這麼巧吧？

丁浩抓著那行政執法的鐵欄杆，使勁地轉頭往那輛一路跟過來的小車上看去。

從小黑車上下來的不就是白斌嗎！！還是一身小大人似的衣服，正望著他笑呢。

白露眼裡滿是幸災樂禍，拍著車窗玻璃催促丁浩出來。丁遠邊因為要過來拿行李，直接開了後面那截行政執法車廂上的鎖，丁浩從裡面垂頭喪氣地出來，旁邊的丁泓則飛快地跑走了，像隻兔子一樣！

他剛才也在裡面，白露說丁浩的那些話他都一字不漏地聽到了，讓這孩子徹底崩潰了。

白露倒是心眼實在，遠遠地朝丁泓喊：「我剛才只說丁浩，不是說你！」

回頭又對丁浩瞎開心，掛在手上的小相機也一晃一晃的，「局子裡的伙食不錯吧？一路上就沒看到你停過嘴，國家對少年犯還是很寬宏大量的嘛。」

丁浩被她抓到了把柄，又看到那台相機，一時抓不準白露是不是拍照留念了，對白露也得和顏悅色起來。

「白露，別這樣啊，妳看，我出門也沒忘記帶妳最愛吃的給妳……」丁浩往零食袋裡撈了一下，裡面他吃得很乾淨，就剩下幾顆糖了，趕緊拿出來孝敬白露，「妳最愛吃的糖，妳看，都給妳！」

白露被他這幾句話哄得心裡舒坦，看了看那些糖，頓時又怒了。

「這不是我給我哥的嗎？什麼時候跑到你那裡去了！」

丁浩被堵得說不出話來，這、這些在當天就跑到我這裡來了啊……

他捧著糖，又被白露損了一回。小女生一雪前恥，寬宏大量地告訴他，剛才一路上拍的照片她都不會留下來，要丁浩放心。

白斌幫丁浩拍乾淨身上的零食渣，看著他又笑了，「浩浩，這一路上玩得很開心吧？我看到好多車被你嚇跑了。」

這下子真的丟臉丟大了。

白斌看他垂著腦袋，一副可憐的模樣就揉了揉丁浩的臉，捏起兩邊臉頰說：

「這可不像你，怎麼會因為這麼一點小事就被擊倒了呢？」

白斌跟丁浩面對面，也用嘴型說了幾個字：白露的相機裡沒電池！

丁浩的眼睛頓時亮了，把一顆糖塞自己嘴裡，剩下的都放到白露的手心裡。

白露不知道她哥和丁浩告密，還在疑惑，「丁浩，你不是說都給我嗎？怎麼自己吃了一顆啊？」

丁浩看著她，恨不得拉著她的手，跟她語重心長地說：小妹妹啊，妳已經取得突破性的進展了。妳想想，平常什麼時候能從我口袋裡要到東西了？要學會知足啊。

白露其實也只是跟丁浩鬧著玩，她平時常常被丁浩欺負，看到他服軟了，也就把這件事拋到腦袋後面了，跟她哥吱吱喳喳地說話，很是活潑。

白斌家的司機停好了車，看到丁遠邊在這裡，還以為兩家孩子是早就約好要一起來玩。

他這次是負責帶著白斌白露兄妹來的，帶孩子的責任重大，還是一群人比較好帶，所以他趕緊湊過去跟丁遠邊客套，「丁科長，帶家人來玩嗎？」

丁遠邊自然認識他，知道是白書記的司機，看到他也很高興，連忙握手，「是啊，正好有個假期。你可別叫我丁科長，這件事八字都還沒一撇呢！」

丁遠邊要升調成副科的事，上頭已經在批審了，就等這幾天宣布了。聽到白書記的司機這麼說，那這件事肯定沒問題了。丁遠邊笑得嘴都闔不攏，又問司機：「白書記沒來？」

司機連忙跟他解釋，這是白家兄妹提出的要求，白書記沒空，就讓他帶他們來，又趕緊問兩家能一起走嗎？孩子多，玩得也高興，主要是也安全。

丁遠邊自然答應了下來，等車上的人都各自帶好了自己的東西，就浩浩蕩蕩地上路了。這一群有十幾個人，旁人還以為是組團來玩的呢。

小孩們走在前面，丁奶奶被丁浩他媽扶著，在後面慢慢走，其他人幫忙提點零食、小水壺什麼的。男人們在後面聊得很高興，張蒙她爸剛才在旁邊清楚地聽到司機叫丁遠邊科長，現在對丁遠邊更是客氣，時不時問一些情況，倒也打聽到了一點事情。

丁浩自然跟白斌走在一起，旁邊的白露寸步不離地跟著，生怕丁浩把她哥搶走了，防他像在防小偷一樣。而張蒙老早就看到白露了，白露那一身新衣服，外加手上神氣的小相機都讓她一陣羨慕，看到丁浩跟他們很熟，拉著丁泓就往他們那群湊，「丁浩，他們是誰啊？」

丁浩被白斌拉著手，白露在這裡還沒什麼，看到張蒙、丁泓來了就有點想放開，剛掙扎了一下就被白斌抓得更緊了，只能手牽著手跟他們介紹：

「這是白斌，我同班同桌同……唔，」丁浩差點蹦出個「床」，趕緊換了一個詞，又指著白露介紹，「這是白斌的妹妹，白露。」

張蒙小聲地問了好，又問能不能一起玩，看起來還像羞澀的小女生，丁泓有些不自在，往丁浩那邊湊了湊，抓著丁浩的衣角商量，「我們去那邊玩吧？」丁泓雖然也被丁浩折磨過一次，但是跟張蒙比起來，他寧願跟著丁浩受折磨。

白斌看了一眼丁泓，「浩浩，這就是你那個堂哥吧？我是白斌，早就聽浩浩說過你了，也是在實驗小學上學對吧？」白斌走過來，擋在他跟丁浩中間，笑著拍了拍他的肩膀，「以後常來找我們玩吧。」

丁泓這才抬頭看到白斌的模樣，一下就認出來了。

學校裡誰不認識白斌啊，是楷模啊，恨不得德智體美勞全面發展的人，得個獎都是校長親自頒發的，是偶像啊！

丁泓這小腦袋哪能想到白斌的意圖，還在抓耳撓腮地想跟白斌交流幾句，了表學習的決心什麼的。那年頭的模範小學生在大家眼裡跟老師沒什麼兩樣，能跟老師多說幾句話就是多大的殊榮啊。

另一邊，張蒙也拉著白露聊天。白露看他哥擠在丁浩跟丁泓中間，有點想過去，又有點想跟女生一起玩，猶豫了半天，看到丁泓還滿老實的，估計也搶不走她哥。能跟丁浩一樣壞的人應該不多吧？白露這麼心想後放心了，跟張蒙吱吱喳喳地聊起小女孩愛玩的。

張蒙直誇白露的裙子好看，剛開始白露還滿得意的，後來就有點不耐煩了。不就是裙子上有幾顆珠子，值得提十幾遍好看嗎？白露看著丁浩他們那邊，想過去找她哥，但張蒙還在誇獎她。

「白露，妳的衣服是在哪裡買的？我們那裡都買不到，真是好看……」伸手還去摸了摸白露裙邊上的小珠子。

白露感到厭煩了，跟她離遠了一點，「在百貨公司買的，就在三樓！妳自己去專櫃買吧。」

白露其實沒想那麼多，她聽到張蒙問，就以為張蒙也要去買，但是話說得太直白了，張蒙被堵住了嘴。

張蒙平常都是先誇別人的好，讓別人高興了又說自己沒有、裝可憐，通常都能把東西騙到手，但這次在白露這邊結結實實地踢到了鐵板。

白露的兩隻眼睛光是防止丁浩搶她哥都不夠用了，哪還有閒工夫去揣摩張蒙的小心思。看到她哥跟丁浩越走越遠，就跑著追上去，「哥！哥，等等我！」

張蒙自然跟上去，她還想要白露的小相機呢，得跟過去看看，能摸一下也好啊。

丁浩他們三個男孩站在一輛供參觀的廢棄坦克車面前，這是一輛五公尺長的大傢伙，上面鏽跡斑斑，炮塔上還印著「八一」字樣的五角星，旁邊的阿拉伯數字已經被風雨淋得看不清了，但看起來就有氣勢。

白露跑過來，也學她哥盯著塔克看。她是在部隊裡長大的，對這種大型暴力武器特別著迷，「哥，這個是什麼坦克啊？」

丁浩搶答：「這是二戰中蘇製的T-34型坦克啊，當時蘇聯紅軍的主要裝備之一，曾經大量生產，在抗美援朝戰爭中，英勇的人民志願軍駕駛著它……」

白露看著丁浩，有點半信半疑，「你怎麼知道啊？」

丁浩笑了，指著那輛坦克底下的一塊小石板，「喏，上面有說明！」

白斌也笑了，揉了揉丁浩的小腦袋，「看得滿清楚的嘛！」

丁浩得意的小鼻子也快翹到天上去了，「那當然了！白露，以後不懂的事，多問問妳浩哥啊！」

白露看著那塊石板，還真的有很多字她不認識，但是看到那輛坦克上的「八一」絕對很熟悉啊，忍不住要上去照相。司機幫她買了新電池，裝好後把白露抱上去，小女生一臉肅殺之氣地坐在炮管上擺了個姿勢，像要出征一樣。

她拍完了，又纏著白斌跟她一起拍，旁邊的人也湊熱鬧地跟上去，雜七雜八地圍著坦克拍了一堆照片，張蒙不想上去，怕弄髒自己的衣服，就遠遠地站在前面拍了一張，丁浩還故意搶她鏡頭，張蒙僵著一張笑臉在那裡等拍照，姿勢都僵了。

白斌跟丁浩也拍了一張，手拉著手，笑得很開心，就是旁邊跟他手牽手的小孩不知道為什麼看起來有點臉紅。

◇

森林公園裡有個攀岩的地方，丁浩剛湊過去就被丁遠邊拎著後領提回來了。

「小兔崽子，那是你能玩的地方嗎？」丁遠邊把他放到小孩堆裡，揮手趕他，「去去去，去玩摩天輪！」

那時候摩天輪算是很稀罕的東西，五塊一張的票在小孩子手裡算是鉅款了。小孩們排著隊，在那裡探頭探腦地等著坐上一次，旁邊的大人們可捨不得，就拿著東西在旁邊等自己的孩子。

白露看起來對摩天輪很有興趣，正跟白斌在那裡嘀咕，白斌聽了也只是點頭，偶爾說一個是。

這時，白露看到丁浩過來就跟他揮手，「丁浩！這裡！」她們幾個老早就來排隊了，現在位置滿靠前面的，「你剛才去看什麼了？」

丁浩被抓過來後，還在想攀岩的事，也不知道該怎麼回答白露，跟她說去懷念大人時候的自己了？肯定不行。他正好看到遠處有一個賣爆米花的攤子，「沒什麼，想去買吃的。」

白露也看見了，喔了一聲，翻了翻自己的口袋：

「你早說啊，我剛才還有糖，都分光了。」

小女生對自己人相當大方，明顯已經迫不得已地把丁浩劃入了自己人的陣營。

白斌倒是拿了幾塊牛肉乾，也是特意準備的，聽見丁浩這麼說就放了一塊在他手裡。

「先吃一個吧，等等就要去吃飯了，不可以亂吃。」

丁浩撕開包裝袋，咬著肉乾，還跟白斌開玩笑，「你把我當成家雀養嗎？這一小塊，餵家雀都不夠……」

白斌點點頭，「也是，家雀不吃肉。」又捏了丁浩咬著東西鼓鼓的小臉，笑了，「也不吃雞翅，對不對？」

丁浩呃了一聲，默默讓他捏著臉玩。

他就不該打這個比方，這下不是就自己撞到槍口上了嗎？

後面的張蒙看到丁浩動動嘴就有牛肉乾吃，很是眼饞，但是跟白斌他們不熟，實在不好意思開口。她剛跟白露熟了一點，知道白露跟別人不一樣，壓根不可能讓著她，小心思動了動就放棄了。

正好摩天輪到了，白露一馬當先地上去了。但是摩天輪是四個人坐的，裡面已經坐了兩個人，白露上去後開始煩惱，「哥，你們誰來跟我坐啊？」

白斌還沒說話，旁邊的張蒙就湊上去，「我跟妳一起坐吧？」又回頭細聲細語地向白斌解釋，「只有我們兩個女孩，一起坐比較好。」

她覺得之前白露有點疏離她，得找時間熱情一下。白露跟白斌穿得好、戴得也好，一看就不是普通的小孩，跟著他們肯定有好處。張蒙這一點倒是跟她爸很像，勢利眼。

白斌想了想也是，就讓她們兩個一起，他們緊跟在後面坐上第二台。

白斌跟丁浩緊靠在一起，坐在同一排，丁泓跟一個不認識的小女孩在一起。丁浩早過了對摩天輪好奇的年齡，陪白斌往外看，倒是丁泓對這個很好奇，升高後，視線從沒離開窗戶上的小玻璃，在半空中搖搖晃晃的，剛開始還很害怕，後來就覺得好玩了。

摩天輪一點一點地升高，發出機械摩擦的吱嘎聲，丁浩坐在裡面搖搖擺擺的，白斌看著他問：「浩浩，你怕高嗎？」

丁浩搖搖頭，他又稍稍讓出一點空隙，讓丁浩過來，靠在窗戶上往外看。

「你一直低著頭，我還以為你怕高。來，坐這裡看吧，滿清楚的。」

丁浩幾乎都被白斌抱在懷裡了，後面的人還湊過來跟他一起往外看，貼著他的臉，跟他指這裡、指那裡。

「你看，我們剛才是從這裡來的，那個湖還記得嗎？還有那邊，是坦克的方向，我們拍過照，不過太遠了，看不清楚……」

丁浩順著白斌指的方向看去，喔了幾聲。

旁邊的丁泓看著他們，很是羨慕。他跟丁浩都是獨生子女，但是他跟丁浩這種野生放養的不同，丁泓從小就被爸媽天天耳提面命地叮囑「別跟陌生人說話」、「別隨便開門」……

丁泓是個聽話的好孩子，爸媽說什麼就照做，他接觸的人不多，同齡人更少，上學後，跟同學相處也顯得內向，看到丁浩跟白斌有說有笑的，同學關係真是和睦，丁泓忍不住真心地誇獎了一句，「你們感情真好。」

丁浩打了個哈哈，「還行吧，還好。」

丁浩剛想坐回自己的位子，一起來就被白斌按回腿上。白斌看著丁泓，正式回答了那個問題，「我們感情是滿好的。」又看向丁浩問，「浩浩，這樣看得比較遠了吧？」

「啊，看見了。」

白斌比丁浩高一點，坐著就能看到外面。丁浩現在正坐在他腿上，幸好還隔了一張小桌子，丁泓沒看見，丁浩的嘴角抽了一下，上輩子的感覺又來了。

無論是小孩白斌還是大人白斌，這傢伙天生對自己的地盤意識強烈，這個時候千萬不要惹他比較好。

旁邊的小妹妹看見了，也扯了扯丁泓的衣角，「小哥哥，抱抱我，我也要看那邊！」

丁泓趕緊把位子讓給那個小丫頭，讓她站在上面。小丫頭扶著丁泓的肩膀，看看這邊又看看那邊，笑得很開心。

白斌蹭了蹭丁浩的臉，丁浩有點不習慣在外面這麼親熱，但是想到都是小孩，躲躲藏藏可能會更彆扭，正在猶豫時，就聽見白斌在耳邊嘆了一口氣，「浩浩，你是不是不喜歡摩天輪？也沒看到你高興地笑。」

丁浩笑了，「要怎麼高興地笑啊？」指了指對面那個傻笑的小女生，「跟她一樣？」

白斌也笑了，繼續貼著他耳朵，「是啊，高興時不都會那麼笑嗎？」

「那敢情好，你也高興一個給我看吧？我還真的沒見過你這樣笑……」丁浩被他吹得耳朵發癢，伸手撓了撓，「噯，白斌，癢死了！別吹，別吹！哈哈哈哈！！」

丁浩第一次陪白斌坐摩天輪，「高興得笑」出了眼淚。

這個仇一直記到他們正式在一起的時候，丁浩試圖用很「不人道」的方式報仇雪恨，結果卻被「不人道」了。白斌甚至覺得，要是當時再讓丁浩記仇記得久一點就好了。那句話是怎麼說的？

只是當時年紀小，不曉得箇中美妙啊。

三人走下摩天輪，遠遠就看見白露在那裡一蹦一跳地招著手，旁邊的張蒙倒是沒什麼精神，慘白著一張臉，讓丁浩嚇了一跳。

「這是怎麼了？」

白露扶著張蒙，跟他們解釋，「她怕高，一上去臉就發白了。」眼看張蒙的眼裡都含著淚，趕緊拿了一瓶水給她，「喝點水吧，喝了會舒服一點。」

丁浩笑了，「怕高的話，妳上去幹嘛？」

張蒙還處於虛弱狀態，看到丁浩也打不起什麼精神，「我不知道，以前又沒去過那麼高的地方……」

沒一會兒，大人們圍過來了，張蒙她媽看到自己女兒難受，想繼續遊玩的心思就沒了，帶張蒙先回車上休息。

剩下的幾個大人也把周圍逛得差不多，商量了一下決定提前離開。前面也沒什麼，就是一個猴子山。丁泓聽到猴子山滿想去的，卻又不敢說出來，一步一回頭地跟大家回去了。下次再來吧，唉。

來的時候搭一輛車，回去的時候變成兩輛，丁浩開心地跑到白斌家車上去了，白露坐在前面，白斌跟丁浩在後面。

白斌問他，「你要回丁奶奶那裡還是家裡？」

丁浩想了想，「去奶奶那裡吧。」

自從發現丁浩真的不尿床了，丁遠邊常常趕他去沙發上睡，只有一室一廳的屋子，臥室也擠得不行。

這件事也不怪丁遠邊，你想，丁浩平時也不回來住，星期五回來吃頓飯，一抹嘴，星期六又跑去白斌家了。丁遠邊實在覺得為了這一晚，幫兒子準備一張床太浪費了，他想等部門有蓋集體宿舍的時候，自己賺錢買房，這下子更不捨得花了。

白斌聽完後問他：

「我也去住奶奶那裡好嗎？明天再一起回去。」

這話說得有水準，分明是自問自答！

丁浩看他一副就這麼決定了的樣子，實在是拿不出氣勢拒絕，點點頭說，「好。」

第五章　討人喜歡

白斌從一開始出門就做好了準備，後車廂裡放了一個小背包，各種洗漱用具一應俱全，還帶了一套睡衣和其他換洗的衣服。要不是知道他明天會回去，丁浩都以為他打算常住下來了。

其實從城裡到丁浩奶奶家也不多遠，開車只要半個小時。

幾年後，這裡都會被拉進城區建設裡，也蓋了很多辦公大樓。不過目前還是一片民居平房，一戶一個小庭院，講究的人家還自己砌了青石，種了花圃，在院子裡種點瓜果蔬菜。

丁奶奶家也有一個小院子，種了花草，因為丁浩愛吃，還特意種了石榴樹，長得不高卻很粗壯，旁邊還架了一架葡萄。下面是石桌，乘涼吃飯用的，這時候正是綠油油的，風一吹沙沙作響。

白斌提著小包包走進來，看到這幅光景很是喜歡。

「比過年的時候還好看。」

他年前時來看過丁浩一次，送了小豬存錢筒給丁浩。那時候下著雪，看不出有這麼多花花草草。

丁浩正在前面幫丁奶奶開門，聽到他說就接道：

「那當然，我奶奶家什麼時候都好看……奶奶，是這把鑰匙嗎？您再找找，門打不開啊。」

丁奶奶又找了一下，重新拿了一把給丁浩試，這才打開了。丁奶奶大概是一路上累了，被丁浩扶著，坐在沙發上休息。

「奶奶老啦，記不住事情嘍。」

丁浩還在哄老人家開心，「才不是您記不住，這鑰匙太多了。奶奶，您家底太豐厚了，這麼多鑰匙，是鎖了多少寶貝啊？」

丁奶奶被他逗笑了，歇了一會兒後要去做飯，丁浩連忙攔住她。

「奶奶，我姑姑說，等等她會來幫您做飯，您就休息吧。」

丁浩姑姑雖然不會待人處事，但是對老人還是很孝順。

丁奶奶聽到後就不去做飯，坐了一會兒，又要去幫白斌收拾房間。

這裡平時也只有丁浩會來，還真的沒收拾其他的臥室。白斌來了個突然襲擊，枕頭、被子什麼的也沒有提前拿出來。

丁浩拉著丁奶奶走到她的臥室，哄著丁奶奶，讓她小睡一下。

「奶奶，我跟白斌一起睡就好，不用特別整理東西了。再說天也熱了，我那裡有毛毯，還有一件涼被呢，夠我們用啦！」

白斌也跟著表示真的不用，他見過丁奶奶疼丁浩的模樣，是真的覺得這位老人好。

丁浩看到丁奶奶躺下休息後，又小心地關上門，這才帶白斌去自己的房間。

丁奶奶把房間收拾得很乾淨，就跟丁浩平常住的時候一樣。白斌自動自發地把自己的東西一樣一樣地拿進去，還問：「浩浩，洗手間在哪裡？」手裡拿著一組洗漱用具，看樣子也要擺進去。

丁浩有點看傻了，「白斌，你是明天就要走吧？」看這樣不太像啊。

白斌想了想，又把那組洗漱用具放到丁浩的櫃子裡，「那好吧。」

好……好什麼啊？不是放在哪裡的問題吧？

丁浩被他氣笑了，倒在床上看他收拾東西。

「我不是不讓你放洗手間，我的意思是，你只住一個晚上，需要帶這麼多東西嗎？第二天回去時又要帶回去，多累啊。」

白斌忙著收拾好衣服，放進丁浩的衣櫥裡，頭也不抬，「不帶回去，就放這裡。」

他那邊有丁浩一整套的東西，早就也想在丁浩家擺一組自己的東西了，以後來也方便。

丁浩這次聽懂了。又是那要命的地盤意識，丁浩撫了撫額頭。

好吧，好吧，白斌愛放在哪裡就放在哪裡吧。

白斌收拾好一會兒後，聽見外頭有聲音，是丁浩他姑姑丁蓉來幫丁奶奶做飯了。

白斌客氣地跟她打了招呼，丁浩姑姑也被白斌一臉平靜的氣勢鎮住了，不敢像對普通孩子一樣拍拍他的腦袋，誇一句有禮貌，丁蓉轉向丁浩問：「你奶奶睡了，說是要晚一點起來吃，讓我先幫你們做點吃的，想吃什麼？」

丁浩對他姑姑還是很客氣的，只要了冬菇豆腐和小米粥，丁蓉答應了，又問白斌要吃什麼，白斌想了想，「我要可樂雞翅。」

丁奶奶對丁浩的寵愛程度，從冰箱裡的雞翅儲備量就能看出來，滿冰箱的雞翅。

丁蓉的手藝是跟丁奶奶學的，煮出來的自然不錯，煮了一大盤冬菇豆腐跟可樂雞翅，又加了一道菠菜湯。

端上桌後，她叮囑丁浩，「鍋裡還有一份留給你奶奶，等她醒了記得告訴你奶奶啊。」

丁浩連忙點頭答應，丁蓉又囑咐他們洗碗要小心就走了。

白斌把自己面前的那盤雞翅放在丁浩面前，換了一盤冬菇豆腐，夾起一口嘗嘗，還可以。

丁浩覺得這孩子真是越來越好了，人家都說男主外，女……呸！白斌主外他主內，以後要是有什麼說不出口的事，都讓白斌去說！

丁浩啃著雞翅，徹底開心了起來。

快吃完的時候，丁奶奶起來了，丁浩趕緊去把還溫熱的飯菜端上來。

「奶奶，姑姑做了冬菇豆腐，可好吃了，軟軟的，您肯定咬得動。還有菠菜湯，先幫您盛一碗吧？」

白斌看到丁浩跑來跑去地為丁奶奶忙碌，忽然明白了他為什麼會要求冬菇豆腐這道菜。丁奶奶牙齒不好，丁浩是特意要求的。白斌又陪兩人喝了一碗小米粥，看著丁浩跟丁奶奶說話談笑，覺得他的浩浩到哪裡都是最好的。

晚上要睡覺的時候，丁奶奶來叫他們去洗澡。丁浩叫白斌先去，他還想躺在床上偷懶一會兒。

他晚上吃太多雞翅，吃撐了。沒一會兒，丁奶奶就來敲門，「浩浩，快去，跟人家白斌一起洗。」

丁浩差點沒被自己的口水嗆死，咳著從床上爬起來，「奶奶，您要我幹嘛？」

丁奶奶以為他想偷懶，推著丁浩往裡面走。

「浩浩乖，快去洗澡，兩個人快點洗一洗。我試過，水不怎麼燙了，等一下恐怕會沒有熱水。」丁奶奶家是老式熱水器，出熱水很慢，要是錯過了，估計會真的洗不了。

丁浩被丁奶奶推進浴室，隔著一道玻璃，看見白斌站在裡面洗頭，聽到聲音後從裡面探頭出來看他。

「浩浩？」

像是眼裡進了水，還使勁地揉了一下。不管怎麼說，白斌在正太時期長得還不錯……

丁浩看著那個粉嫩小正太，忽然有種猥褻幼童的悖德感。

他進去跟白斌一起洗澡不算犯罪吧？

丁浩很掙扎，另一邊的白斌看到丁浩在磨蹭，還以為丁浩開不了浴室的門。

「要我幫你開門嗎？」

眼看白斌就要走出來，丁浩趕緊回過頭脫自己衣服，「別別別，我在脫衣服，我自己能開門！」

白斌喔了一聲，繼續洗頭。

裡面的蒸氣濃郁，把他的睫毛都打得濕漉漉，丁浩一進去就看到白斌側對著他站著，被熱水淋過後，泛著一身粉紅色，丁浩的悖德感更重了。他這種心智年齡的人真的能看嗎？能看吧？

這間浴室是為了老人的安全擴建過的，比外面的寬敞一點。但是再寬敞，它也是一間浴室啊！

丁浩蹲在白斌旁邊，坐在小椅子上默默地抹香皂。他真的不敢看向白斌，這需要太大的勇氣了，主要是他的心理建設做得很不成功。

——一個明知道以後會把你攻來攻去的人站在你面前，還是幼兒模樣，再用自己二十好幾的心智年齡腦補一下……你承受得住嗎！

丁浩恨不得抓牆了，垂淚。這算什麼啊！

白斌看他半天都沒動，試了試水溫，快不燙了，伸手接過丁浩手上的浴巾，抹上香皂就開搓。

「快點，奶奶說等等會沒有熱水。」

「我自己來、自己來！我自己會！」

「一樣的，站起來。」

「不用……不用！哎喲！白斌，我前面自己來！！！」

「……」

以上，丁浩抱著「不可以對幼童下手」的想法，被幼童狠狠地洗了一遍，這裡那裡，全都洗了。並且鑒於白斌日漸增長的潔癖，抹香皂的時間很長，丁浩出來的時候連還嘴的力氣都沒了，渾身紅得像煮熟的蝦子。

丁奶奶沒有幫丁浩拿換洗衣服，只放了一條大毛巾，叫丁浩裹住身體，進房間再換。丁浩光溜溜地裹著毛巾，跟穿著睡衣、穿戴整齊的白斌一起進房間，換好了衣服，要睡覺時才發現只剩一床涼被了。毛巾被丁奶奶拿去裹丁浩了，現在濕漉漉地躺在地上，根本無法蓋。

白斌爬到床上，很有自覺地鋪好被子等著丁浩，看樣子，他已經決定要一起睡了。

丁浩穿著小背心、小短褲認命地爬上去，後面的人立刻抱住了他，還滿意地摸了摸他的小手臂，「我洗的，很滑。」

丁浩翻身趴在他身上，狠狠地抱住了他。

——老子壓死你！！！

◇

關於那篇《遊ＸＸ景區》的作文，幾個孩子回去之後是這麼寫的。

丁泓在小格子裡一字一字寫得很認真，八百字，一字不多，一字不少，通篇記錄了他對森林公園的感慨，強調了那個沒去成的猴子山。

『聽說那裡有小猴子在盪鞦韆，不知道牠們的屁股是不是真的像電視上一樣那麼紅。真想去看看……下次有機會的話，我一定要去猴子山，看看那些可愛的小猴子！』

老師在底下用紅筆寫了幾個大字：

『不是問你沒去哪裡，是想讓你寫去了哪裡……』

張蒙回去也是提筆就寫，勉強湊到八百字，裡頭如實記錄著她的所見所聞，那貫穿全文的阿拉伯數字可以看出她對自己經濟能力的擔憂。

『森林公園很美，但是門票很貴……爆米花兩塊錢，礦泉水一塊錢，摩天輪的票竟然要五塊錢，我覺得摩天輪坐起來不是很舒服……』

最後用一個重重的感嘆句寫下：

『下次有機會的話，我一定不會再坐摩天輪，去一趟公園竟然花了二十七塊錢，我壓歲錢的百分之三十一啊！』

老師在底下寫的幾個紅字看起來有些扭曲：

『太喜歡其他科目了，這是帳本，建議拿給數學老師看。』

白露回去也自動自發地寫了一篇。她也快上學了，覺得需要鍛煉一下自己，以後好向她哥看齊。白露寫的文章還比較像一篇正規的《遊XX景區》作文，但是結尾偏了，小女生把她的理想抱負也加了進去，用了抒情的手法這樣描寫：

『……我也要開著坦克，為人民服務！』

白露她爸看到，差點笑噴了，揉著小女生的頭髮，一股勁地誇獎她，「真不愧是我的好女兒！有出息，有志向！！哈哈哈！」

◇

新學期一開始，白露就迫不及待地揹上小書包去學校。她上一年級，她哥在三年級，天天可以見到她哥的生活多麼美好啊！

白露小妹妹是個以白斌為榜樣，也立志要做個德智體美勞全面發展的好孩子，自然把握了所有時間，突出表現自己的優點，改正所有錯誤、缺點。小女生上課像在打仗一樣嚴肅，小身板直挺挺地坐在那裡，班上的孩子們都被她帶動，格外聽話。

老師開心了，一進來就有一個帶頭的人多好啊，她省事不少，也因此格外喜歡白露，還特意讓她當了班長。

白露從小就長得討人喜歡，又穿得很漂亮，自然在班上混得風生水起，剛來就被選中在教師節時表演。

白露跟一群小孩被老師抹紅了臉蛋，穿著小花裙跳舞。那時候流行一首新疆兒歌，一群小女生綁著新疆小辮子，跳得也很不錯，最起碼都會新疆舞蹈的扭脖子動作。

這後來造成一定的混亂，全校的小孩們都跟著學起扭脖子，有好幾個還扭到筋，差點送到醫院去。老師下達了全校警告，明文規定絕對不可以在沒有大人的監督下，自己跳扭脖子舞。

白露在舞臺上跳完了，等老師帶大家謝幕才拿了小獎品跑下來。一下來就看到一個最意想不到的人，小女生睜大了眼睛眨啊眨，「舅媽？」

白斌的媽媽叫張娟，是個骨子裡都帶著倔強的女人，一身淑女套裝，抱著一個小孩出現在白露演出的後臺，看樣子是來恭喜白露的。

「露露，一段時間不見，都長大了，真是厲害！我們剛才都在底下看呢，跳得真好！」

白露的小臉被那兩團紅粉遮著，也看不出來害羞了沒，抓了抓自己的新疆小辮子，嘿嘿笑著，「舅媽，你們都來啦？爺爺跟我哥也來看了嗎？」

她抬頭看到張娟懷裡的白傑，踮著腳去看，白傑也正好奇地看著這個小姊姊。

張娟把白傑放下來。白傑身體不好，她抱習慣了，但以後還得培養白傑的獨立性，就有意讓他跟哥哥姊姊們一起玩，「白傑，這是白露姊姊，還記得嗎？」

白傑點點頭，他在過年時見過白露，自然記得。剛才又在台下看了這個小姊姊表演，大家都鼓掌叫好，不由得對這個小姊姊更是喜歡，他覺得白露真厲害。

白露比白斌小兩歲，跟白傑正好同歲，但是她看起來比白傑大多了，也顯得更健康有活力。她小心地拉著白傑的手，有種當了姊姊的責任感。

「舅媽，您怎麼帶白傑回來了？你們還要離開嗎？」

張娟帶兩個孩子出去，聽見白露問就笑了。

「露露希望我們走嗎？」

白露趕緊搖搖頭。她捨不得白傑，這小孩又聽話又漂亮，而且重點是他叫自己姊姊啊，白露一直很想要一個弟弟。

張娟也只是為了逗她而問了一句，看到白露著急，趕緊告訴她，「不走了，舅媽回來創立公司，白傑以後就跟妳一起上學好不好？」

白露笑了，「好啊好啊，」又拍拍小胸口跟她舅媽保證，「我一定會照顧好白傑，誰也欺負不了他！舅媽，我現在還是班長呢！」

張娟又誇了白露幾句，帶兩人到門口後，白老爺子他們都在那裡等。看見白露出來了，笑得闔不攏嘴，「露露，小臉蛋都快比猴子的屁股紅嘍！」

白露沒想到來了這麼大一群人，還以為只有自己爸媽，沒想到爺爺跟白書記、白斌都來了，連丁浩也在。小女生被狠狠地感動了一把，眼淚都快下來了。丁浩還逗她，「別哭、別哭，哭花了，臉就沒有那麼像了！對吧，白爺爺？」

丁浩跟白老爺子想到了同一件事，一起逗著白露玩。

而白斌揉了揉丁浩的頭髮，也笑了，「別欺負白露，之後又會後悔喔。」丁浩跟白露不對盤也不是一次兩次的事了，每一次都會遭到報復。丁浩就只是嘴賤了一點，但白露下手可不留情面。

張娟第一次在外面看到自家大兒子笑得這麼高興，不由得好奇地看向丁浩。那孩子帶著酒窩，跟自家大兒子十分熟稔，心想著有這個孩子陪著自家兒子也不錯。

她一直對白斌很愧疚，身為一個母親卻無法在白斌最需要的時候照顧他。她放不下自己的事業，可是也放不下白斌。

還記得白斌小時候，有一次她跟白書記都不在身邊，白老爺子大半夜地打了一通電話，把他們罵了一頓，說白斌都病到起不來了，也沒見到當爹媽的兩個人，還是打電話給他這個爺爺才及時送到醫院的！後來白書記從出差地連夜趕回來，照顧到白斌痊癒才打電話給她。

雖然沒什麼責備，但也隱隱地有些不滿。

張娟一直記著這件事，她也想補償白斌，可是她長年不在家，只用物質彌補，對感情沒有用處，以至於到了後來白斌越發獨立自主，她想要照顧也照顧不了。

白斌對她淡淡的，尊敬有加卻總有隔閡。張娟心裡也難受，那時剛有了白傑，因為是早產兒，白傑的身體很不好，張娟不想再犯一樣的錯誤，一咬牙就帶著小兒子出去打拚事業。

每次工作忙起來也顧不到白傑，白傑就自己在她辦公室玩，不哭也不鬧。她晚回家時，白傑也老實地等著，看到房門開了，見到她就會笑著喊「媽媽」……

張娟抱著小兒子的時候，都忍不住想起白斌，那個更加沉默懂事的大兒子。

張娟看著前面握著白傑小手的白斌，看到兄弟兩人和睦相處，白斌照顧著白傑的樣子心裡一軟，忍不住想要摸摸他的腦袋，可是剛湊過去白斌就抬起頭來，詢問地看向她，「媽，有事嗎？」

張娟抬起的手猶豫了一下，又放下，笑了笑，「沒事。」

眼前的大兒子已經像個大人一樣，可以跟她交談了，做事也有板有眼，毫不讓人擔心，各方面都極為優秀。白斌已經過了那個讓人摸摸頭，誇獎說好聽話的年紀。

如果當年帶著白斌出來，就不會變成現在這樣了吧？張娟嘆了口氣，摸摸身邊的白傑，小傢伙抬起頭，對她露出了一個笑，抱著她的腿喊了聲媽媽。白斌在旁邊拉著白傑的手，也抬頭看著她。

張娟的眼眶有點紅了，白書記在旁邊拍拍她的肩膀，笑道：「回來就好，回來就好。」

一家人在白斌家裡一起吃飯，白露爸媽覺得白露累了一天，明天還要上課就提早帶她回去了，白老爺子倒是多坐了一會兒，檢查完白斌的功課，又抽空看了一下丁浩練的毛筆字，「浩浩，你的字寫得比以前好多了！」

丁浩臉皮厚，還真的以為是在誇獎他。

「謝謝爺爺，主要是我比較認真，也比較刻苦……」白斌在旁邊咳了一聲，丁浩立刻改口，「當然，目前的努力還是不夠，我決定明天早上五點起來，手腕上綁著沙袋，再繼續刻苦地學書法，爺爺，您覺得我這個計畫怎麼樣？」

白老爺子笑了，「你要是能早上五點起來，我就用紅燒雞翅幫你做一張床，讓你天天睡在上面！」

白書記聽到後也笑了，「大家都聽見了，那我們明天監督浩浩啊。」

整間屋子裡的人都笑了。

張娟剛回來，還對丁浩不怎麼熟悉，從剛才吃飯就想問了。

這孩子看起來像白斌的同學，怎麼吃住都在自己家裡呢？而且看白斌的樣子，也是很喜歡這個丁浩，從吃飯的時候就一直讓著他，現在看到白老爺子也對丁浩親親熱熱的，更加好奇了。抽空拉了拉吳阿姨的袖子，悄聲問她：「這是誰家的小孩？跟白斌很熟吧？」

吳阿姨回答張娟，「這是丁科長家的小孩，叫丁浩，上次白斌差點溺水時，就是他救出來的！」

張娟一下就想起來了。

「喔喔，就是他啊。」再看向丁浩的眼神都不一樣了，帶著一點感激的意思，看丁浩哪裡都很滿意，「真是個好孩子，長得也漂亮！」

吳阿姨又和她解釋：

「丁科長跟白書記都很忙，丁浩他媽媽之前也在外地，家裡沒有人照顧，就送來跟白作伴，正巧又都在同一班。喔，丁浩比白斌小兩歲，是跳級讀書的。」吳阿姨照顧兩人久了，對丁浩也很是喜歡，「這兩個人感情好得很呢！」

張娟喔了一聲，覺得丁浩不但勇敢，還很聰明，再看過去，正巧看到白斌跟丁浩說了什麼，丁浩笑出了左邊的酒窩，怎麼看都討人喜歡。

◇

白斌他媽說要回來創辦公司，其實也離得很遠，一整天都也看不到人影，照顧著白家兩兄弟的還是吳阿姨。

當然，家裡除了兄弟倆，還有不怎麼需要別人照顧的丁浩。

現在，吳阿姨幫白傑熬了中藥，一小碗淺褐色的藥湯已經擺在一旁，等著白傑吃完飯後喝一碗。

丁浩看到就咂舌。從昨天晚上開始，他就見識到了白傑吃藥的盛況。

基本上以中藥居多，還有一些養生的藥丸，捏成大拇指的大小，白傑一口吞下一顆，連眉毛都沒皺一下。喝中藥也是，自己抱著碗，一口氣喝完，還相當冷靜地把碗順便洗好，再去漱口。

一看就知道是長年吃藥磨練出來的技術。丁浩有點明白為什麼白傑長大後，創辦了那麼多公司卻沒有涉足藥品製造。

小時候還是不能留下陰影，容易造成心理困擾。

白傑聽話地自己喝完藥，也不會吵著要找張娟，他也習慣了媽媽工作忙的事實。白傑拒絕了吳阿姨想幫忙的好意，自己的事情自己去做的優良傳統在白傑身上徹底地展現了出來。

白傑收拾好自己的藥碗，又跟白斌去收拾自己的小房間。媽媽說，以後就要住在自己家裡了，白傑很喜歡這裡。他以前大多都跟張娟住在飯店，沒什麼固定的居所，第一次有了自己的小空間。

白斌知道丁浩懂許多雜七雜八的東西，不過他沒想到白傑也喜歡。或者說，因為白傑平時的活動範圍就是辦公室，無聊了也只能聽張娟說財務報表，休閒娛樂也是跟著張娟開會，聽各方面菁英對爭取市場設定的下一步計畫。

從某方面來說，白傑知道的還真的不比丁浩少。

白斌跟白傑聊了一會兒，他其實是想問問白傑一個人住會不會害怕，但一進去就看到牆角整整齊齊地擺著跟床一樣高的書籍，第一本就是白書記送給白斌的那種厚重的經濟書籍。

白斌問了一下白傑，發現白傑只看裡頭的數字和圖，但是白書記教育過白斌，一般書本都會用幾頁文字解釋一張圖，看書要先看圖，圖看懂了，書裡的內容自然就吃進去了。

白斌對這個弟弟很感興趣，他覺得白傑在數字方面很有潛力，用哥哥的方式鼓勵了一下白傑，還提出了幾點意見。

白傑平時只接觸過媽媽，對爸爸和哥哥還很陌生，但是白斌跟他畢竟有著血緣關係，血濃於水的這句話不假，沒一會兒就由喜歡哥哥變成了崇拜哥哥，眼看著又快要提升到另一個高度了，眼神跟白露看著白斌的差不多。

用丁浩的話總結，就是已經上升到極限，把白斌妖魔化了。

為此，丁浩經常嘲笑白斌。

丁小浩晚上躺在床上，用手指戳著白斌，眼裡都是壞笑。

「嗳，白斌，你們家是不是有遺傳的戀兄情結啊？不，這是祖傳的吧？白露的迷戀程度也不差啊！」

白斌按著丁浩笑，忽然結結實實地壓了上去，「再淘氣！」

這是跟丁浩學的，這個死小孩前兩天壓在白斌的肚子上睡覺，讓白斌做了一晚噩夢。

底下的小孩還在笑，「惱羞成怒了吧？惱羞成怒了……哎喲，我說你輕一點，我手臂都被你壓斷了，你這樣子，晚上該讓白露跟白傑來看看……」嘟嘟囔囔地又說了什麼，也聽不太清楚。

白斌翻身放過丁浩，又從後面抱住了他，在他臉上蹭了蹭，「睡覺了，明天要早點出門，白露說要接白傑去教室，熟悉一下環境。」

丁浩覺得自己起到了人形抱枕的功用，不過被旁邊的人抱著也很舒服，就喔了一聲，老實地閉上眼睛。

◇

早上的時候丁浩很高興，因為這個家裡終於有人比他晚起了。

白傑小朋友來的第一天就沒聽見鬧鐘，坐在床上迷糊了半天才起來。不過清醒過來的白傑還是很俐落地在五分鐘之內把自己收拾妥當，坐在餐桌上跟白斌、丁浩一起吃飯。可能是沒睡飽，還有點呆呆的。

吳阿姨把白傑的中藥熱好了，又倒了一碗溫水放在一旁等著。

白傑喝中藥和吃飯是同步進行的，其實也只是一些補氣血的，醫生建議飯前吃，但張娟覺得孩子早上起來就吃這個太苦，改到飯後了。白傑的飲食都是張娟特別寫在本子上給吳阿姨的，什麼時候吃什麼、吃多少、藥要分幾次熬、分幾次喝等等，吳阿姨當時看完那一本，感慨了一句當媽的都不容易。

白傑已經把自己的早飯吃完了，自動自發地跑去廚房，端起那碗中藥咕嚕咕嚕地喝下，又用旁邊的那碗溫水漱口，這才跟白斌一起出門。他回頭對送他們出來的吳阿姨有禮貌地告別，「阿姨再見！」

剛說完，就被吳阿姨塞了一顆糖到嘴裡，因為她看到這孩子就覺得心疼。

白傑嘗到嘴裡的甜味，愣了一下，有點不好意思了，「謝謝！」

另一邊，白斌已經主動拿著白傑的小書包，和丁浩等著這孩子去上學。

出門還是由白斌家的司機接送，後排坐了三個小孩。丁浩坐在旁邊看著白傑，想到眼前這個有點呆的小傢伙就是日後叱吒風雲的商界鉅子，心裡有種不切實際的錯覺。

他忍不住把白傑從頭到腳看了一遍，五短身材的蘿蔔頭，髮色是有些不健康的淺色，襯得小臉更白了。睫毛跟白斌一樣長，笑起來……唔，還沒看過他對自己媽媽以外的人笑過，這一點倒是跟白斌很像，自幼就選擇性面癱。

三個人剛到校門口就看到白露了。白露早就來了，她知道白傑跟她同一班，高興得一整晚都沒睡好。

「哥，我帶白傑去上課吧？我跟老師說了，白傑跟我坐同一桌！」白露握著白傑的手，笑呵呵的，「白傑，走，跟姊姊去教室！」

白傑回頭看了看白斌。他媽不在，白斌就是最高領導，看到白斌也點頭答應了才跟白露走。

丁浩看著那個小蘿蔔頭，有些擔憂，「白斌，你弟弟現在上學好嗎？年齡是夠了，但是身體情況……能跟上別的小孩嗎？」

白斌笑了，揉了揉丁浩的腦袋，「白傑會的可不比你少，浩浩你要努力了，不然會被他追上喔。」

白傑對數字理解的能力果然很強，老師在第一堂課就被這個小孩震住了。

白傑用老師發下來，教大家認識一二三的小木棍擺出一個最簡單的自由組合，然後自己開始變換這些木棍的方向、數量，控制其中微妙的平衡。

剛開始老師還以為他在玩，後來就在他身邊停了下來。他見過這個組合，是國外有名的智商測試網站上的題目。那時候網路還不是很發達，這還是他在雜誌上看到，特別去查的，因此對此印象深刻。

白傑自己玩了一會兒又變換了組合，排成方框，在裡面進行數字排列隔斷，並且保持裡面的木棍數量為十九根。

這是他無聊時自己玩的小遊戲，就跟普通小孩愛玩貪吃蛇相同道理。不過，這一手在老師看來可不是小遊戲，這是高難度的數字和圖形邏輯！這種小孩接受專門的培養教育的話，根本可以提前上大學，這就是少年天才！老師看著白傑的眼光更加熱烈了。

白露看到老師在這裡一直盯著白傑看，以為白傑在玩，被抓到了，她怕老師罵白傑，趕緊拉著白傑寫課堂上的作業，「白傑，在這裡寫個一加一等於二……」

白傑也很聽話，拿起筆，開始依照姊姊說的寫下來，不過那一手字也狠狠地震撼了老師一把。

……這也……太抽象了。

前面說過，白傑一直都被張娟帶著，他聽得多，寫的卻很少，這一手字像狗爬字一樣，昨天已經成功地取悅了丁浩，如今也讓白露震驚了！

白露拿出做姊姊的架勢，皺著眉頭一臉嚴肅地罵白傑，「白傑，你要好好學習，不然會留級，知道嗎？先把這幾道數學題目抄十遍。」

白傑點點頭，老老實實地抄寫著一加一等於二、一加一等於二、一加一等於二……站在旁邊的老師看得手都抖了一下。

整體來說，白傑上學還是很順利的。除了不怎麼愛說話、不怎麼愛笑、寫字抽象、早上起不來、上課喜歡呆呆地捧著厚重的經濟理論看圖及各種阿拉伯數字……當然，我們也要看到優點。

白傑去上學的第一天晚上就把老師帶回家裡了，因為白書記跟張娟兩人都不在，白老爺子特意過來配合老師做家庭訪問。

那個老師是小一的數學老師，就是白天站在旁邊看白傑擺弄木棍，看得熱血沸騰的那一位，明顯剛畢業不久，正努力地壓制著自己激動的情緒，跟白老爺子形容白傑的天才。

「……真的，我敢保證，您如果讓白傑進入特殊教育機構進行專門培訓，在別人還在念九年義務教育的時候，白傑絕對是大學生了，而且是國內——不，很有可能是國外頂尖的一流大學，您要不要考慮看看？」

白老爺子很驚訝，看了一眼老實坐在旁邊的白傑。

實在看不出來自己的這個孫子有這麼過人的能力，不過老爺子還是被這位老師捧得很開心。不論是誰，聽到老師說自家的孩子好會不高興嗎？白老爺子摸摸白傑的小腦袋，誇獎他，「白傑這麼厲害啊？以後要努力啊。」

老師急得快吐血了，他覺得白老爺子表揚白傑像在說「今天考了一百分很棒，以後繼續考一百分」一樣，實在是……沒有領悟到他的意思。

他一臉誠懇地再次跟白老爺子建議，「老先生，我剛才說的不是這個意思，白傑的情況很特殊，我覺得他完全可以接受更好的專門教育……」

丁浩躲在樓梯後面往外看，把那位老師的話聽得一清二楚，跟後面的白斌咬耳朵：

「我說，你弟弟還是個數學怪才啊！」

難怪後來，白傑年紀輕輕的就有自己的事業了，他的底子好，沒辦法啊。

丁浩很是感慨，他上輩子一畢業就被丁遠邊安頓在身邊，整天鬼混，常惹丁遠邊生氣，好不容易被白斌扶上馬，還來不及做出什麼成績就自己玩到翹辮子了……跟人家白傑相比，差得可不是一點半點。

白斌在後面看到丁浩搖頭嘆氣，以為他是因為白傑被老師誇獎，受到打擊了，也跟著咬耳朵安慰他，「浩浩也不差。」

丁浩的耳朵特別怕癢，被他靠近說話吹到了，忍不住撓了撓。這一動就被白老爺子發現了，揮手叫白斌過來，「白斌，你過來！」

丁浩在樓梯後面裝成木頭，死活都不動。白斌推了他一下，丁浩連連瞪他，意思是「他是在叫你，不是叫我，我才不過去！」。

丁浩心裡清楚得很，白老爺子一看就是老狐狸，在敷衍那個傻傻的小老師，心裡不知道都轉了幾道彎，這時候出去說錯了話可不行。

兩人正在推推讓讓，白老爺子又喊了一聲，「浩浩？你也過來！」

白斌帶著一步一拖的丁浩過去，在白傑的旁邊坐下。那位老師顯然也認識白斌，喔了一聲。

「原來是白斌的弟弟，難怪看起來很眼熟呢！老先生可能不知道，白斌在我們學校也是很優秀的！」老師明顯又激動起來，「老先生，您覺得他們兄弟都去接受特殊教育怎麼樣？雖然白斌可能沒有白傑對數字這麼敏感，但是綜合能力比白傑強……」

丁浩在旁邊挺著身子，使勁眨眼，那個小老師卻沒看他，還在噴著口水沫，一股勁地鼓吹白老爺子把白家兩個兄弟都送進去。丁浩洩了口氣，果然不能因為是小學的課程就可以放鬆啊，不過就是上你的課睡覺了嗎？不過就是交作業不怎麼及時嗎？老子好歹寫了、交了，而且科科都一百分，你還有什麼不滿足的！！同樣都是一百，你怎麼就差別待遇呢！丁浩看著那個小老師，一臉怨憤。

白斌面不改色地聽著那個小老師當面表揚，倒是旁邊的白傑抬頭看著自家哥哥，那崇拜的眼神又來了。

丁浩的嘴角抽了抽，這孩子剛才聽老師誇自己都沒這麼激動，聽到他哥的優點就開始兩眼發亮。丁浩覺得白斌家就是這點不好，喜歡進行內部的盲目崇拜！

白老爺子聽著老師誇獎白斌，還一臉贊同地點頭。

「那當然，白斌可是我一手帶出來的，絕對不比白傑差！」轉頭問白斌，「你說說，關於你弟弟上學的事，你有什麼看法？」

白斌想了想，臉上倒是沒什麼太驚訝的神色，「白傑的情況我昨天瞭解了一下，他喜歡數字方面的，可以試著讓他多接觸一些。」

旁邊的老師一聽就開心了。白斌不愧是全校小學生的楷模啊，做事就是有遠見，還沒高興完又聽到白斌補充了一句，「但是離開家去接受特殊教育，我覺得沒有必要。」白斌說得很慢，像是經過了很長的思考，「白傑首先是我弟弟，其實就算是那個、那個什麼……」

白斌看了看丁浩，丁浩趕緊小聲告訴他：「少年天才！」

白斌點點頭，繼續說，「就算是少年天才，也要有屬於自己的時間吧？我希望白傑可以自己安排。」

那個老師沒想到白斌會說出這樣的理由，轉頭看向白老爺子，白老爺子喝著茶不出聲，再看看白傑，小傢伙又發起呆了。老師有點掌握不了這一家人，勉強打起精神跟白斌商量：

「那個，白斌，你提出的自由時間也很有道理，但是，白傑現在很小，我覺得早期教育階段是最能接受大量資訊，為以後打下紮實的基礎……」

「那麼早打下基礎要做什麼呢？」

「這……當然是為了接受更多的教育，然後取得更好的職業，確保以後的生活優越，還有獲得更有價值的人生觀……」老師被白斌看得有點緊張，說話有點結巴了。

白斌認真聽老師說完，低頭摸了摸白傑的小腦袋，「如果是這些，白傑不需要努力。」

「咦？」

白斌又說了一遍，「白傑不需要為了這些努力，價值觀的話，我覺得白傑慢慢會有自己的選擇，我們沒有理由提早讓他長大。」白斌按著白傑的小腦袋揉了揉，「我弟弟他不需要那些東西。」

送那位聽到腦袋發暈的老師出去後，白老爺子也走了，臨走時特意表揚了一下白斌。

「不錯，白家的人就要有這樣的氣魄。」又對出來送他的白傑囑咐了幾句，「好好吃藥，喜歡吃什麼就告訴吳阿姨，學校有事就打電話給爺爺，知道嗎？」

白傑乖乖地點頭答應，湊上去抱了抱白老爺子。

他也喜歡跟大家在一起，雖然在學校要寫字，但是姊姊會偷幫他寫一半，大家在一起的感覺比一個人在空曠的辦公室看書還好。白傑不太懂特殊教育機構是什麼東西，只直覺地把它想像成另一個辦公室。

可能在老師來過之後，白傑不自覺地散發出對這個家的依戀，白斌跟丁浩都隱約覺得這個孩子今天晚上特別喜歡黏著人。白斌自然很疼愛自己弟弟，丁浩愛屋及烏，也很是熱情，陪他玩了幾局鬥地主，三把之後就只有輸的份，眼看最後一把又要輸，丁浩怒了，「今天的手氣太差了！」

白傑指了指丁浩手裡的牌，「還有一張黑桃三、兩張方塊六、一張紅桃五。」看到丁浩一臉驚訝，又指了指桌面上打出去的一堆牌，跟丁浩解釋，「我算的。」

丁浩傻了，「沒人這樣玩啦！白斌，你跟他解釋規則了嗎？你讓他跟我們玩數字，這不是找死嗎？」

白斌收起手裡的牌不給丁浩偷看，有耐心地跟他重申了一遍，「你是地主，我們兩個在鬥你。」

「這不是地主的問題啊！白傑，你這是賴皮知道嗎？不算數，打牌要靠感覺，感覺你知道嗎？從最小的出牌！乖，聽話，先出最小的！」丁浩連哄帶騙，還不放棄最後的機會。

白斌也對白傑點了點頭，「就照之前教你的那樣出，沒事。」

白傑喔了一聲，手揹在後面慢吞吞地抽出了一張五，丁浩手裡有兩張六，不捨得拆牌，放過去了。

白傑又出一張五，丁浩眨眨眼，最後白傑出掉了手裡最後的一張三，「沒了。」

我——靠！！！！

丁浩的嘴角抽了抽，有人這樣打牌的嗎？打牌是運氣為主，手段為輔，當然，同樣的手段你可以偷牌、可以夾帶，這都是打牌的情趣，白斌你教一個小孩這樣打牌，太卑鄙了……

白傑還在另一邊跟白斌做總結，「哥，我覺得這樣贏的機率很大，不過換一個人可能就不好贏了。丁浩投機取巧的心理比較嚴重，我才有機會。」白斌也點點頭，「謹慎一些好，不過在家沒關係。」

「嗯。」

白傑懂了，他哥的意思是家裡只有丁浩，跟丁浩玩不需要謹慎。

◇

白傑終於玩夠了，心滿意足地睡覺了。丁浩輸到臉上貼滿了紙條，也回臥室去了，白斌坐在床邊幫他拆紙條，安慰他，「最後那把不錯，贏得很漂亮。」

丁浩用手臂撞了白斌一下，「少來，白傑最後一臉同情是怎麼回事？也太明顯了吧？」

丁浩被白斌整頓乾淨後往床上一躺，呼了一口氣，「都多少年沒打牌了，生疏了，等我練熟了之後……哼哼。」

白斌也緊貼著他躺下，伸出手指戳丁浩的臉。

「說得好像你打了很多年的牌。我知道你是故意讓白傑的，浩浩也想哄他開心吧？」白斌又握住丁浩的手，說得很有自信，「我知道你在逗白傑玩，浩浩很厲害，白傑都沒發現你放水，呵呵。」

丁浩睜開眼睛，看著旁邊的白斌也笑了，「那怎麼就被你看出來了？」

白斌看到丁浩笑就覺得開心，靠過去跟他抵著額頭。

「我知道啊，我跟浩浩想的一樣，白傑喜歡數字，也要慢慢喜歡玩才行，我覺得應該先用帶著數字的紙牌來教他玩遊戲。」

丁浩頓了一下，他其實是想用玩紙牌的方法教白傑學習。

白傑再怎麼有天分，但是對基礎知識或常識都不是很瞭解……這個想法有偏差，但是初衷都一樣，都是為了白傑好，而且事情的結果也達到了目的，白傑在娛樂中學到了東西，或者說在學習中感受到了樂趣。

這對白傑以後的人生起了很重要的影響。很多年後，白傑成為那個海外歸來的菁英，一身筆挺西裝的口袋裡也總是喜歡帶著幾張撲克牌，甚至有記者專門為這幾張牌做了訪問。當然，並沒有從小財神嘴裡問出什麼，那時候已經成長為商業新貴的白傑也還是喜歡發呆、拉偏話題。

「你真的覺得這樣好？白傑這麼厲害，說不定真的是塊美玉，給人雕琢一下就能發光。錯過了這個村，就沒這個店了啊，十歲多的大學生，說出去多厲害……」話還沒說完就被白斌捏住了鼻子，帶著濃重的鼻音，「白斌，你這是報復，我昨天捂的是你的嘴巴，不是鼻子！」

白斌不放手，看著丁浩笑起來，「浩浩，你是不是想當少年天才啊？我記得你以前說想直接跳到高中去讀書？」

丁浩被捏著鼻子，還掩蓋不住一臉得意。

「是啊，是啊，我要是有白傑的智商，我就先當操盤手，弄到錢後炒房地產、買地皮，當個大地主，天天吃香喝辣……」

白斌捏著他的鼻子來回搖動，「又在說昨天的夢話了。」

「我說真的，白斌，你別不相信，我覺得全國首富可能沒辦法，但是全市首富我還是可以拚一拚……」

白斌放開丁浩的鼻子後，看到他鼻尖紅紅的，湊過去親了一下，害丁浩差點從床上掉下去，臉上紅得也不輕，捂了鼻尖瞪著白斌，「你、你怎麼親這裡啊？」

白斌想了想，說：「喔，之前白傑告訴我疼的話，親一下就好了，你知道我父母都不在身邊吧？我沒有試過這樣的事情，我只是覺得浩浩你鼻子都紅了，應該滿疼的……」

丁浩不等他說完，一個枕頭就扔過去，按著他咬牙切齒，「白！斌！少給我裝可憐！這是你昨天用的理由！！！」

白斌抱著他，翻身壓進被子裡，忍不住笑了。

也許是在一起的時間久了，他覺得跟丁浩說什麼樣的話都行，講什麼心事都可以，而他的浩浩總能在第一時間感受到他的用意，做出他最喜愛的反應。

白斌覺得自己養了天底下最好的寵物，抱著丁浩在他臉上蹭了蹭，感覺細嫩而滑，讓他又忍不住抱緊了，「睡覺了。」

下面那隻小貓還在鬧，氣呼呼的，「睡你個頭！少裝了，趕緊道歉！喂，道歉……！」

◇

白傑的小學生涯只過了兩年多，這一段時間裡，是他這一生中度過的最普通的生活。白傑以後回想起來，都會忍不住覺得那段時光很美好。

大家揹著呆呆的書包，做著無聊的事情，像在看老師講笑話一樣，講著課程……真是悠閒而散漫的日子，有大把光陰可以揮霍。

這段話被寫進了白傑的個人採訪報導裡，教過白傑的幾個小學老師差點寫了聯名信寄給他。他們被這孩子折磨了兩年多，每次看到白傑抱著各類經濟書籍，都有一種枉為人師，想重新回爐再造一遍的衝動。

白傑離開的起因是因為白書記——白書記高升了。

白斌的媽媽從回來之後，就與白書記感情漸好，正準備收掉事業，回來專注於家庭時，沒想到白書記走馬上任，調去了G市，現在是在省委。「白書記」的名號還可以繼續喊，不過這分量明顯加重了。

這份調動，明顯讓張娟又動了心思。她的生意大部分都集中在G市，白書記這一走，她覺得這是個重新拾起自己事業的難得機會。

兩個人像商量好了一樣，一前一後地去跟白老爺子彙報，言簡意賅地表明自己的想法，白書記去上任，非去不成；張娟想到自己辛苦打下來的事業，也想跟白書記同行。兩人同時提出希望能帶著白傑一起去，孩子小，又愛生病，放在家裡實在不放心。

一番彙報下來，自然被白老爺子罵了一頓，「胡鬧！那白斌呢？」

白書記跟張娟低著頭不說話。

白斌一直都是白老爺子帶的，他們也想帶去，可是沒那個膽子跟白老爺子提啊。別說是跟白老爺子提了，就算跟白斌那孩子商量，他也不見得一定會跟去。白斌做主習慣了，又有白老爺子教導，想要說服他也不是件容易的事。

白老爺子也只氣了一會兒，想到眼前的兩個大人還像孩子一樣低著頭，等著挨罵，忽然就笑了，揮揮手趕他們走。

「走吧，走吧，都快走。白斌我幫你們帶，只是以後有什麼事也不要回來求我，今天說好了，白斌由我帶，以後就得聽我的！」

白書記跟張娟自然是連聲答應。這孩子本來就是白老爺子一手帶起來的，一言一行比白書記還像白老爺子，讓老人看著，他們也是真的放心。

白書記向老爺子表明決心，「爸，您放心，我們到了那裡，肯定會抽空回來，調任也有期限，我會努力做好工作，爭取早日……」

白老爺子一拐杖就要敲到他腿上，忍不住笑罵：

「跟浩浩在一起久了，怎麼連大人也不正經了？你這份決心，自己明白就好了。這番話好耳熟，浩浩那孩子恨不得一個星期背上二十幾遍，你就別再重複了！」

白書記看老爺子心情好了，這才真的放下心來，又在旁邊說了幾句好話。

張娟還是猶猶豫豫地，抬頭看著白老爺子問：

「爸，您說白斌會不會怪我啊？我從小就只帶著他弟弟，沒帶過他……」當媽的都不容易，張娟心裡難受，忍不住紅了眼眶，「爸，要不然我不走了？我怕斌斌長大後怪我……」

白老爺子哼了一聲。他這個媳婦也是世交故友的女兒，算是從小看她長大的，平常也把她當自家孩子一樣訓斥。

「怪妳？太遲了！這孩子壓根就沒怎麼感受過妳對他的好，妳要他拿什麼怪妳？要記恨妳啊，早就在幾年前差點病死的時候就怨恨妳了！」

張娟心裡本來就只打算帶著白傑，倒也不是說白斌的自理能力強，她很放心，只是白斌的氣勢根本就像白老爺子，她看到都不怎麼敢親近。如今又聽到白老爺子提起幾年前的事，眼淚一下就掉下來了。

「我、我……」

白書記摟著她的肩膀，拍了幾下，「好了好了，爸也是在提醒妳，我們管不了兒子，等回來就讓白斌繼續自主就好。萬一真的有什麼做不到的事，也讓爸決定……」

白老爺子也覺得話說得有點重，他是看出今天這兩人過來是下定決心要辭別的，又聽到他們還是不帶白斌才有點生氣了。看到當媽的哭得那麼傷心，也有點後悔了。

手心手背都是肉，張娟也不捨得啊，人啊，事業和家庭能兼顧的不多。

白老爺子也安慰了她幾句，讓她放心，白斌有他照顧。張娟這才擦掉眼淚，覺得有點不好意思，任誰也想不到她這個商界的女強人還有哭鼻子抹眼淚的時候，也只有為了自己孩子才會被弄成這樣。

白傑度過了兩年多的悠閒光陰後，帶著對哥哥姊姊及這個家的無限留戀去了G市。離開的那天，白露哭得唏哩嘩啦的，也顧不得自己已經是戴著三道杠的大隊長了，抱著白傑不放手。她是真的很傷心，她照顧白傑兩年多，看著這個小東西一天天長高茁壯，怎麼一轉眼就要走了？

白傑遞了手帕給白露，「姊姊，我會記得妳的。」又轉頭在丁浩手裡放了一把鑰匙，「丁浩，你簽的欠款條都在我那個小鐵箱裡，我不要了，還給你吧。」

丁浩奔騰的離別之情被這句話硬生生地堵了回去。他第一回明白了丁遠邊對他的感受。這死小孩真會破壞別人的情緒，沒看到人家正難過嗎！

但丁浩還是接過了那把鑰匙，在手裡掂了掂，「白傑，以後賺錢了記得想到我們啊。」

白露只顧著傷心，沒有跟丁浩吵起來。而白斌出來得晚，手裡還提著一只小行李箱，迷你的，跟白傑的身高正合適，上面有一隻小白貓戴著蝴蝶結。

白斌長高了，表情也越來越少了，正一臉嚴肅地拿著小箱子對白傑叮囑，「到了之後要打電話回來報平安，知道嗎？」

白傑點點頭，拿著那只箱子的表情有點不太合適，這個孩子不學點好，板著小臉，像白斌一樣，「知道了。」

白傑離開時，那天的陽光很好，白露哭得很大聲，白斌的臉一直板著，但是丁浩能感覺到白斌在擔心很多事，就連丁浩自己也不自覺地想著那個離去的少年天才是否一路順風，平安到達。

◇

白露跟白傑倒是很常寫信，像姊姊一樣叫他要好好上課、跟同學好好相處、不要悶不吭聲地一個人看書。白傑回得很慢，快過年的時候才收到一封，夾著一張新拍的照片。跟在白老爺子那裡過年時一樣，穿著大紅色的小唐裝，褐色的頭髮軟軟地翹著，襯得小臉乾淨而漂亮，長長的睫毛微彎起來笑著。

白露手裡的那張照片在班上引來一片羨慕，小女生很自豪，覺得白傑離開後也沒有忘記她。而且這張照片上他竟然笑著，白露看了又看，不免又帶了幾分得意，把那張照片當寶貝一樣收好，不時拿出來看看。

可是，下一件事就讓她從這種得意中失去了好心情。

白斌跟丁浩要升上國中了，是白老爺子選的學校。白斌的成績優異，自然沒話說，丁浩是跳級生，程度考試的成績也是名列前茅，學校自然也願意收他。

白露注重德智體美勞全面發展去了，成績在學年裡還不錯，是個三好學生，但是不可能一連跳兩級。她很失望，紅著眼眶送她哥，「哥，我會好好讀書，你要等我喔……」

丁浩在旁邊逗她，「怕是等不及了，妳一來，我們又要上高中了，哈哈！」

白露噎了一下，想想也是。眼神越發可憐，盯著白斌不放，生怕一轉眼，就見不到她哥了。

白斌在收拾去學校的東西。國中離家比較遠，每天來回不太方便，白斌跟白老爺子商量了一下，決定去住宿。白老爺子提前安排好了，也答應了，他覺得白斌現在話太少了，想讓他多跟同齡人接觸。

白斌的爸媽把孩子一個人扔在這裡就走了，白老爺子心疼白斌，曾叫白斌搬去跟他一起住，但白斌沒答應。老頭又想到還有一個丁浩陪他，吳阿姨也在那裡照顧著，也就默許了。

他聽說白斌要住校，還特別叫丁遠邊來，叫丁浩跟白斌一起去住宿，好互相照應。丁遠邊自然是答應了，他本來也是想讓丁浩進這間學校，沒想到能沾上白家的光，提早打包好並送了丁浩過來，讓兩人明天一起去學校。

丁浩他媽幫丁浩帶的都是吃的，衣服也不少。丁浩收拾了一些出來，放在白斌這裡，拿了幾件平常替換的。學校都有制服，帶去了也穿不到，倒是放在白斌這裡的一些內衣要帶去。

這個孩子一邊往包包裡塞衣服，一邊把白露往外轟，「白露，妳快出去吧？我們在收拾衣服，等等看到不該看的會長針眼啊……」

丁浩手裡抓起裝著內褲的小袋子甩了甩。這是前兩天白露衝進來時來不及裝好的，小女生不知道，還好奇地打開看——

當然，結果並不是紅著臉跑了。白露是頭頂著「男女平等」的橫批出生，在部隊裡長大的，小女生當時很憤怒，拿起袋子就扔在丁浩頭上。丁浩在她哥的房間裡亂扔東西，萬一被她哥看到會長針眼啊！

白露的思維模式數年如一日，首先是她哥，其次才是自己。

如今，丁浩又提起這件事，白露看著丁浩跟她哥肩並肩地收拾東西、進入國中，恨從心生，跑過去在丁浩腰上使勁地捏了一把，「我看了，還摸了，怎麼樣！」

丁浩冷不防地被捏了一下，差點跳起來。

「白露，君子動口不動手啊，沒有人動手的！」

他的腰怕癢，白露捏的那一下與其說是疼，不如說是又癢又疼。白露也發現不對勁了，丁浩的腰明顯就是弱點。

小女生懷著報復的心理又捏了幾下，果然，丁浩像隻小蝦一樣閃躲著，連眼淚都快出來了，「白露，我、我、我錯了！真的錯了，放手……哎喲！」

白斌收拾好自己的東西才過去分開兩個人，把丁浩救出來。就這麼一下子，這兩個人就把剛收拾好的衣服全弄亂了，白斌覺得有必要分開管理，「好了，白露去幫忙洗水果，下去後一起吃。」

白露這麼多年來一直都覺得她哥偏心，如今這感覺更明顯了，一邊磨磨蹭蹭地往外走，一邊嘟囔，「哥，你又幫丁浩說話，我只是捏了他幾下……又沒多用力……」

丁浩趴在床上不起來，所以白斌也把丁浩散落在床上的衣服都收拾好了，又帶了幾件平時用得到的小東西。裝好後，看到床上的丁浩還躺著，過去也在他腰上摸了一把。

「還不起來？」

丁浩哎喲了一聲，白斌覺得聽起來不對勁，掀開衣服看了看，果然有幾道紅印，還有一個地方出了點血。白斌皺起眉，去拿了小醫藥箱過來幫他擦，「剛才怎麼不說？」

丁浩被他按著腰擦藥，又癢得要躲開，「我怎麼知道白露的指甲那麼長啊。我不是痛，是癢，一碰就癢，剛才差點笑得喘不過氣來！」

白斌擦得很輕，讓他更難受了，好不容易擦完了，丁浩都差點笑出眼淚了。

白斌還是很關心丁浩的身體，「還有哪裡受傷了？哪裡會痛？」

丁浩揉了揉臉從床上爬起來，嘴角還帶著僵硬的笑，「有，我笑到臉痛。」

白斌在他腦門上彈了一下，也笑了。

白斌跟丁浩上的這所國中是國中部和高中部結合，分成兩個園區，圖書館、實驗大樓、籃球場、網球場一應俱全，甚至還跟市政府請了一塊地，建成足球場，專供學生們使用。中間有一座天橋，連接兩個園區，不比大學校園差。

能進這間學校的，大部分都是市直屬機關人員的孩子們，也有功課好考進來的，或者動用關係或錢的。用地方上的關係來說，來這裡上國中也會分階級。

白斌跟丁浩分到的是一間雙人間宿舍，附有小衛浴。兩張木頭的單人床，各有一張小書桌。

這是白老爺子安排的，校方當時也提出要幫他們弄個好一點的單人宿舍，附有配套的家電，還有一個專門洗衣做飯的阿姨。白老爺子沒答應，他覺得自家孫子沒必要那麼高調、搞特殊待遇。小孩子嘛，這樣就已經很好了，當年他抗美援朝的時候，哪能想到今天會有這種好日子？

話雖這麼說，白老爺子還是幫白斌送來了一個熱水器，裝在小衛浴裡。老頭知道自己孫子愛乾淨，心裡還是疼他的，臨走時囑咐白斌，「先住看看，要是不適應再跟爺爺說。」

白斌也知道老人這是在擔心自己，扶著送他出去，「爺爺您放心，我有事會打給您。」

送走白老爺子後回來，屋裡的丁浩還在跟床單奮戰，鋪好了一張，正在準備鋪另一張床的。看到白斌回來了就問他，「白爺爺走了？」

白斌嗯了一聲，拿走他手裡的床單又折起來，「這個是替換的，先不用。」

丁浩愣了一下，看到旁邊那張床上只有一張墊子，「那我怎麼睡啊？」

白斌也愣了，「你不是跟我一起睡嗎？」

他把手裡的床單收進壁櫥裡，說得還很理所當然。

「那張床上就放衣服吧，白天穿的沒地方掛，擺在床上好了。」

丁浩的床自此就改變了用途，雖然也鋪上了床單，不過，那是白斌怕弄髒衣服，特意鋪上去的。

國中部的宿舍分為單人房、雙人房、四人房。平時都不會檢查宿舍，只是會了解一下晚歸情況，畢竟要對家長們交代。

丁浩上輩子是跟李盛東一起去讀市立國中，住四人房。丁遠邊那時候也曾經想把他弄進來這邊，但是丁浩不答應，他上輩子淨跟著李盛東一起欺負人去了，哪想來這個連門口都有森嚴警備的高幹子弟學校啊。

丁浩對這個學校很陌生，不過這也不能阻擋他的雄心壯志。他從假期開始後，就準備好了一整套的課本，埋頭於題海世界。國中課程難不倒他，可是基礎打紮實了，要往前邁步才容易。丁浩有特別喜歡的科目，一想到死記硬背的東西就頭疼，尤其以英語為最。

第二次過人生果然溫故知新了不少，他也要為以後做準備了。

國一的課程比較簡單，大概是老師也想讓大家適應一下新環境。

丁浩跟白斌還是在同一個班，排座位的時候是依照身高排的。丁浩很不幸，坐到第一排去了。

白斌安慰他，「沒事，等等我把家裡訂的牛奶送到學校裡來，浩浩繼續喝。」

白斌坐在中間靠後的位置，旁邊是個小女生，看樣子很高興，偶爾跟白斌借個橡皮擦什麼的都會臉紅。

丁浩旁邊的小女生顯然沒有白斌的那個好相處，拿起尺，畫了條三八線，嚴禁越過。

「看好了，別碰到我！」

丁浩一口氣沒憋死。這、這也太欺負人了！他還沒看清同桌的臉，怎麼就被嫌棄了？

丁浩默默地也抓起尺，在旁邊用粗筆貼著那條三八線，又描了一遍，雙重肯定了一下。

「妳也別過來。」想了想又加上重點，「也別碰到我啊。」

丁浩在小女生震驚的眼神裡低下頭看書。他丁浩全身上下都是白斌的，白少領土，神聖不可侵犯妳懂嗎！

第六章　老子委屈了

國中就是比小學有意思，寫小紙條的人明顯多了，傳著傳著就流言四起，誰喜歡誰，誰跟老師打小報告，班上奸細就是他……

丁浩看了一年多的熱鬧，班上就是他最小，雖然還在長高，但是跟那些發育中的就是無法比啊。

丁小浩化悲憤為動力，刻苦學習。學習在於主動，學會了，就越來越願意學，丁浩這個帶著外掛的人自然混得如魚得水，唯一的缺點可能就是英語。

人這一輩子，總要有點硬傷，而英語就是丁浩重新再活一遍也無法割捨的痛，太他媽痛苦了！！！

自從學完最簡單的「哈囉」，丁浩就開始進入了英語盲區。

丁浩啃著單字書，旁邊擺著文法書，看著在眼前扭動的字母，心想如果把它們吃掉就能學會英語，他都有把這本書生吞掉的想法。上輩子討厭什麼，這輩子還是無法改變啊！

白斌依舊全面發展，破英文難不倒他，回去幫丁浩惡補了一段時間，好不容易提高了一點成績，但一不補習——又掉下來了。

「不對！」白斌有耐心地幫他指出音標，還在下面用不同顏色的筆標註，「這個首字母跟它是對應的，你再拼拼看，會讀的話，就能拼出來。」

丁浩的中文發音記得太牢了，拼到一半又錯了，讀音也讀錯了。

白斌嘆了口氣，捏著他的臉，又對他做了一遍口型。丁浩重複了一遍，對面的人皺起眉頭，湊過來一口含住他的嘴巴，舌頭不客氣地鑽進來，在舌尖舔了一下，捲起它又舔了牙齒和其它幾個地方。

「這樣，舌頭抵住這裡發音，記住了嗎？」

丁浩的耳尖都快冒出熱氣了。

這、這誰記得住啊！舌吻的動作他倒是記住了！！

丁浩又發抖地低頭去寫。錯了，自然又被糾正，越糾正，腦子越迷糊。最後一次的糾正中，他忽然發現白斌的吻功增強了不少……

丁浩就這樣來來回回地被英語折磨著，唯一值得高興的，大概是在高強度的糾正下，發音比較標準了。

在白斌的一手扶持下，丁浩的英語好歹提升上來了，只是本人還是對這種語言報以逃避的心態。丁浩的總成績很好，加上他又是跳了兩級讀書的，年紀小，難免會讓人覺得是一個神童。丁浩也長得不差，還真的被人看上了。

國二學期末，丁浩終於開了一朵半殘的小桃花。

那是一班的體育股長寫給他的。那個女生發育比較好，長了一百六十幾公分，顯然還有往上長的趨勢，人長得還行，就是因為自己太高了，有些自卑。

也是，這幫孩子不懂欣賞成熟之美，幫人家取了個外號叫「電線杆」，多缺德啊。

如今，這位體育股長寫了張小紙條給丁浩，那時候表白還是很純潔的，帶著暗示，絕不明說。大意是覺得丁浩功課好，以後互相幫助云云。

丁浩看完就把那張紙條揉成團，扔了。

他也想互相幫助、好好學習啊，先不說白斌一直盯著他，就他這種身高也不允許啊！

那個體育股長眼看就要長到一百七十公分，他丁浩這時候才一百五十……丁浩抬頭仰望了一下那個正在擦黑板的體育股長，她個子高，不用墊腳，黑板最上面的字就都擦乾淨了。一身古板的運動服她穿起來是不難看，就是顯得有點小，隱約看得到曲線，以丁浩過來人的經驗想，這以後絕對是86-61-91……運氣好的話，會走上超模之路也不一定。

現實是殘酷的，我們來目測一下丁浩跟這位未來超模站在一起，那絕對是媽媽帶孩子，那一身運動服在他們身上也散發出一點親子裝的氣息。

丁浩把一天一瓶的牛奶增加到兩瓶，早晚都喝。

白斌也發現了，晚上例行性的親親之後，湊到丁浩的嘴邊舔了一下。

「浩浩，我說過晚上喝牛奶不可以放糖吧？太甜了，對牙齒不好。」

丁浩已經習慣了白斌這樣的小動作，這種事一天三餐地做下來，堅持個幾年如一日，換做別人也會習慣。再說，還有越來越延長時間的英語口語教學。

丁浩被抓包了，只好重新爬起來再刷一遍牙，白斌的鼻子太靈，想唬弄他果然沒用。但一天到晚喝牛奶對他的身高幫助不明顯，皮膚卻明顯變好了。

丁浩看著鏡子裡的自己嘆了一口氣，再次刷了一嘴清涼，確保不會再被嘗出來才回被窩裡。

春寒還沒過去，天氣很冷，中央空調會固定時間供暖，跟他們的下課時間一致，回來睡覺的時候也沒有多暖和。

白斌抱著丁浩，幫他塞了塞被角，抱著懷裡的小孩，覺得真是又香又軟，有一股奶香，忍不住又湊過去在他臉上蹭了幾下。丁浩被他弄得很癢，躲了幾次又被環在腰上的手纏得更緊，只好往他懷裡躲。

白斌長高了，整個人比丁浩還大上一圈，見到他湊過來，就把他整個人抱住了。大概是很喜歡丁浩縮成一團的樣子，丁浩聽到白斌在自己的頭頂上笑。

丁浩動了壞心眼，把剛洗漱完，很冰冷的手伸到白斌的衣服裡冰了一下。

白斌的身體僵了一下，下一刻卻是把他那隻手也抓了進來，一起放在自己肚子上，幫他暖手。燈關了，看不見白斌的表情，但是聽聲音就知道他又皺眉頭了。

「怎麼這麼涼？」

他碰了碰丁浩的腳，發現也不熱，乾脆也把他夾住取暖，「又偷懶不開熱水，不到幾分鐘的事，又想感冒啊？再用冷水就罰你！」

前幾天丁浩打球回來後跑去沖澡，洗得很急，沒等水變熱就沖完了。本來想說沒事，結果當天晚上就躺下了。

白斌那天正好回家拿東西，早上回來看到，直接揹他去找校醫，壓在那裡打了退燒針又吊了點滴才好了一點。丁浩手上的血管細，紮了四五針才紮到血管，打完後，手就青了一片，養了好一段時間才消下去。白斌想到這裡，又忍不住揉揉自己懷裡的那兩隻小爪子。

「這才剛好幾天，手不痛了嗎？」

「沒有人翻舊帳啊。」丁浩的腳被夾得不舒服，又換地方蹭了蹭，這才老實了，「天氣也很冷，又不是只因為我用冷水……」

「要不要裝個空調？學校開的時間太晚了……」

丁浩的腳被暖得很舒服，貼得緊緊的，聲音聽起來像是睏了。

「不用啊，過幾天就暖和了，帶來帶去太麻煩了……」嘟嘟囔囔的聲音越來越小，「有你幫我暖手暖腳就不冷……」

白斌也覺得懷裡的小手沒一會兒就暖了，這才放心，就這樣手腳交纏地抱著他睡了。

丁浩半夜被壓醒的時候，白斌還是保持著這個姿勢，緊緊地抱著他不放，兩人之間有什麼滾燙的東西擠壓著，貼著丁浩的小腹來回磨蹭。

丁浩一瞬間就清醒了。

——這、這是……

白斌半壓在丁浩身上，看樣子還沒醒，只是本能地皺著眉頭，身體也越來越靠近。丁浩甚至能感覺到那個炙熱的東西在自己身上磨蹭，連它的形狀變化也清晰地感受到了，被那個東西磨蹭過的地方，雞皮疙瘩都起來了。

白斌固執地抱著他，連腿都探了進來，這下貼得更是緊密。

丁浩只覺得那個東西在大腿上來回動著。因為兩人都裹在被子裡，白斌動起來難免會發出細小的聲音，讓丁浩連耳尖都紅透了，想推開他又怕弄醒他會更尷尬。正在猶豫時就被按在下面——白斌半壓在他身上，鼻息噴在頸間，讓丁浩顫了一下。

熟悉的感覺像是回到了那個時候。

以前的白斌也有在睡夢中抱過他一次。雖然沒有發生實質的事情，但是丁浩的一句「噁心」還是讓白斌整整一個月沒出現在他面前，而這一個月，他依舊照顧著丁浩。

丁浩想推開白斌的手舉了舉，又放下。

他睜著眼睛，慢慢地對自己說：這是白斌，這是白斌……

腿上的東西硬硬地戳著他，那種感覺又讓丁浩忍不住握起了拳頭。就算是下定了決心，這種事真的落到自己身上的時候，還是會本能性地抗拒。

磨蹭的動作很小，或者說只是貼著，頂在腿上的熱度就更明顯了。丁浩試著小心地推開白斌，還沒翻過身去，後面那個人就緊貼上來了，手還是抱著的姿勢，丁浩蜷縮起來的腿倒是方便了他。丁浩覺得那個人更燙了，不自覺地也有點心慌。

這是白斌，不是別人……丁浩在枕頭上蹭了一下，深吸一口氣，身體慢慢放鬆下來。

被按在那裡當了半天的充氣娃娃，白斌終於不動了，丁浩也愣在那裡不敢動。

過一會兒就感覺到旁邊的人迷迷糊糊地醒了，似乎是發現自己哪裡出了問題，離開被窩去清理。丁浩聽到洗手間裡細小的水流聲，心裡七上八下，使勁地閉上眼睛裝睡。

白斌把自己弄乾淨後回來，又伸手進去摸索了一會兒。丁浩被他的手碰到，心臟跳得更快了。白斌摸了摸丁浩的身上，確定沒有弄到什麼才重新上床睡去。

◇

第二天，白斌第一次比丁浩晚起來。

旁邊的枕頭有點亂，應該是剛起來不久，白斌聽到衛浴間有聲音就去看了一下。

「浩浩？」

丁浩已經穿好了制服，正在刷牙，聽見白斌叫他，差點把嘴裡的牙膏吞下去。

他咳了一聲，連忙拿起杯子漱口，「啊？你起來了啊，我醒得有點早……」丁浩的手沒拿穩，差點撞翻了水杯，馬馬虎虎地沖掉嘴巴裡的泡沫，「那什麼，你去洗漱吧，我先出去！」

白斌的眉頭皺起來了，站在那裡不說話，只是看著他，「浩浩，你……」

丁浩也站在那裡不動，眼神瞄著擺在一起的馬克杯，忽然有點緊張。

半晌，一隻手落在他頭上，使勁地揉了揉。

「你是不是餓了？」白斌的語氣跟平時一樣，手心也是一樣暖的，在丁浩的腦袋上揉了一把，笑著說，「再等我一下，一起去吃飯吧。」

早飯是蛋餅，裡面夾了藕丁，吃起來脆脆的，還不錯。白斌又點了一碗香菇肉絲麵，他正值長身體的時候，很容易餓。丁浩吃完了自己的，拿著熱過的牛奶喝，一邊等白斌。他們來得很早，現在還沒什麼人。

白斌的餐桌禮儀很好，但也不是規矩特別多的那種，動作自然又迅速。丁浩咬著吸管看著他，第一次覺得……白斌吃東西很好看。

丁浩被突然冒出來的這個想法嚇到，手裡的牛奶被他捏得太用力，噴了他滿嘴，差點嗆到鼻子裡，轉頭咳了起來！

白斌停下來，拿了紙巾給他。

「浩浩，你今天都很不小心耶，早上刷牙的時候也是。」

丁浩接過來自己擦乾淨，還來不及解釋就被喊了一聲名字。

「丁浩，你也來吃飯啊？」

丁浩回頭看了一眼——是張蒙，旁邊還站著一個小女生，看起來很文靜，緊貼著張蒙偷偷往這邊看。大部分的視線還是落在白斌身上，小臉也有點紅，扯了扯張蒙的袖子，小聲地說了什麼後，張蒙不在意，拉著她又靠近幾步。

「丁浩，你們這桌還有空位嗎？我們也坐在這裡一起吃吧？」

丁浩一看到她就生氣，再加上今天早上起來就心情不好，一口氣吸光最後一點牛奶，把包裝盒扔到桌上。

「有啊，妳一來就有空位了！」

丁浩端著自己的餐盤站起來，正好旁邊的白斌也吃完了，收拾好餐盤後一起站了起來，丁浩對張蒙指指座位，「我們吃完了，這裡就給妳坐吧，不客氣，愛坐多久就坐多久啊。」

張蒙愣了一下，還沒說話就聽見丁浩又說：「還有張蒙，以後沒事別老是來找我，妳想提高成績，就去外面貼個家教招聘，是因為我不收費，妳來上癮了嗎？」

張蒙她爸費盡心思地把她弄進來，但她的成績在普通國中也只是在中上游，到了這裡，跟人家一比還是有差距的，所以張蒙這陣子經常往丁浩班上跑。

剛開始是真的在問功課的事，後來就開始帶著她們班的女生一起來，纏著丁浩就算了，有時候還會跑去問白斌題目，這太缺德了！妳想提高成績，也不能踩著別人的成績上去啊！大家都只有這麼一點空閒，妳跑過來吱吱喳喳，也不問一下別人願不願意聽。

丁浩看在他姑姑的面子上忍了幾次，今天終於爆發了。

張蒙顯然沒想到丁浩會當著別人的面讓她沒面子，臉一下子就氣紅了。

「丁浩！你、你……！！」

張蒙一時也想不出什麼話來指責丁浩，她是想來這裡坐的，但不是要這個座位，而是想帶同學來炫耀一下她認識高年級的學生，尤其是知名度那麼高的白斌，又聽到丁浩說起功課的事，她也很委屈。

「我來的時候，你媽還說有事就來找你呢！丁浩，你再這樣我就去跟你媽說！」

張蒙還覺得沒怎麼麻煩到丁浩，就被他擺了臉色，心裡不服氣，眼眶都紅了。張蒙旁邊的小女生倒是個明白事理的，拉著張蒙就要走，「別在這裡吃了，我們去自己班上吃吧？」

張蒙愛面子，站在那裡不肯走，看起來像受到多大的委屈似的，還掉了眼淚。

丁浩還一肚子火呢！也不管她，轉身就走了。白斌對張蒙還算客氣，對她點了點頭後，也走了。

丁浩走得很快，走出食堂門口時白斌才追上他，緊貼著他一起走。

「浩浩，你今天是不是心情不好？」

丁浩對張蒙不客氣也不是一天兩天了，跟對白露的不對盤不同，白斌能看出丁浩是真的不喜歡張蒙。但是平常在外面都對張蒙很客氣，像今天這麼直白地拒絕還是第一次。

丁浩手插在口袋裡，低頭踢路上的小石子，「沒什麼，就是心裡很煩。」丁浩一邊走一邊踢，漸漸地就剩下一顆石子，就那樣一路踢著它走，「你不用理我，過幾天就好了吧。」

去教室的路上經過操場，丁浩最喜歡在裡面繞一圈，但今天顯然沒什麼心情，直接走上回教室的路。白斌陪著他走，半天才跟他說一句話，不像是安慰，倒像是跟他知會一聲。

「那好，我這幾天有事要回家一趟，你自己好好照顧自己。」

丁浩踢著小石子的腳頓了一下，喔了一聲，腳下的小石子被踢開，咕嚕嚕地滾遠了，直到掉進路邊下水道石板的縫隙裡，孤零零地卡在那裡。

白斌果然說到做到，丁浩這幾天除了上課，就真的沒再見到他。

第三天中午的時候，丁浩回宿舍才碰到他一次。丁浩拿著鑰匙正準備開門，門就從裡面打開了，白斌看起來正要離開，看到他也很驚訝。

書。

「浩浩？」

白斌長高了，站在門口，丁浩得抬頭看他。陰影落下來，丁浩覺得像是被他抱住了。

「白斌，你回來了啊。」再看一眼，才發現白斌手裡拿著的東西是幾本他平常睡前看的書。

白斌睡前有看書的習慣，而且一本書至少要看三遍以上。這幾本是他最近在看的，如今過來拿走，也就表示他近期不會回來住。

丁浩的嘴角動了動，實在不知道該用什麼表情面對他。

「又要走？是要去哪裡啊？怎麼白天上課的時候也看到你滿累的？」

白斌的心情看起來還不錯，嘴角竟然還帶著笑，手掌習慣性地在丁浩頭頂上揉了揉，「我回家幾天，爺爺找我有事，我自己也有點事情要弄明白。」

丁浩心裡不是滋味，「什麼事不能告訴我？白斌，你這幾天到底去哪裡了？」

「等我回來再跟你說吧！我先走了，司機還在外面等呢。」白斌還是沒告訴他，只是拍拍他的腦袋，「我帶了一些你愛吃的東西，還有你家裡讓我帶來的，都放在桌子上了，你要記得吃啊。」

丁浩看到白斌走遠了，這才走進宿舍，桌子上果然放著兩大包吃的，還壓著一張紙條，寫著那些容易壞，要先吃。丁浩扯出那張紙條，揉成一團後扔到地上，氣還沒消就又踩了一腳，眼前都是白斌頭也不回地離去的背影。

頭頂上還有手心摸過的溫暖，丁浩煩躁地抓了抓頭髮，怎樣都覺得那個感覺揮之不去，

「去你的！！」

坐了一會兒，乾脆抓起宿舍鑰匙，跑出去理髮。

丁浩鬱悶的時候從來不喜歡一個人悶在房間裡，他喜歡約一群人，出去熱熱鬧鬧地玩一場。玩得越高興，鬱悶的氣氛就散得越快。這種轉移方法對他很管用，只是目前的條件不允許，也只能退而求其次，找了個熟人陪他去了一家音響開得最大的理髮店。

這個熟人就是丁泓。丁泓比丁浩小一屆，跟張蒙一起來讀這個學校。剛開學的時候還覺得有認識的人一起上學很好，緊接著，他就後悔了。丁浩還沒什麼，畢竟比他高一個年級，平常不特別去找他也見不到，再說了，丁浩平常都是跟白斌一起進出，他想跟這個堂弟一起吃個飯，親近一下什麼的也沒辦法。

白大少周身散發著一種磁場，往往他坐下不到一分鐘，周圍的位置都被人搶光了，絕大部分還是女孩。丁泓臉皮薄，實在不好意思過去跟小女生們併桌吃飯，只有遠遠地看著丁浩的份。丁浩對他還很客氣，家裡帶了什麼吃的來，也會給他一份，偶爾也會託他轉交一份給張蒙。

壞就壞在這個轉交上。張蒙跟丁泓是同年級，丁泓成績好一點，在七班，張蒙在二十五

班，這一來一往地送東西，就難免被人八卦。張蒙多愛虛榮啊，她是絕對不會直接承認自己跟丁泓是親戚，只說是哥哥。好吧，這聲哥哥一喊，可就害慘了丁泓。這個老實孩子十幾年來第一次站到了風口浪尖上，嘗到了流言蜚語的滋味，差點去學校廣播站廣播一次，以示清白。

好不容易才解釋清楚這其中的關係，張蒙的主意又打到丁浩身上了。

認識一個高年級的人多有面子啊。一開始是星期五下午去問丁浩功課，後來乾脆連下課也去，站在門口和丁浩借書什麼的，偶爾還能借到白斌的。看到同學們羨慕的眼神就像打了勝仗凱旋歸來一樣，整個人像開屏孔雀。

因為有丁浩扛著，丁泓才逃脫了張蒙的魔爪。聽到丁浩叫他陪自己出去理髮，丁泓二話不說就出來了。他對丁浩一直懷著一種報恩的心理。

陪丁浩整理好頭髮，又在街邊玩了一會兒。丁泓第一次來打遊戲機，緊張得手心都出了汗，用掉了最後一枚遊戲幣才跟丁浩一起出來。

丁浩看到他的樣子就覺得好笑，「丁泓啊，你是不是特別緊張？」

「啊？啊！還、還行……」丁泓有點不好意思，但還是忍不住朝左右小心地看了看，「我們玩的地方離學校這麼近，你說會不會被老師抓啊？」

「你要是真的害怕被抓，就別把制服翻過來穿啊！」

丁泓第一次「做壞事」，生怕人家知道他是哪裡的學生，嚇得把制服翻過來穿。丁浩看到他，忍笑忍到嘴角都發抖了，「你翻過來穿就算了，但是你的衣服後領上繡了你的名字跟班級啊……」

以前說過丁泓是個好孩子，好孩子的各種標籤在他身上一應俱全，包括怕弄錯制服，而在校服上繡了自己的名字做標記。丁泓他媽幫他繡的字大而全面：XX國中，一年七班，丁泓。

丁浩看到丁泓瞬間變色的小臉，驚慌失措地去捂著自己後衣領的時候，終於忍不住笑了出來，心情似乎也好了一點。

◇

丁浩一連幾天都來找丁泓一起吃飯，遲鈍如丁泓也發現了不對勁，中午在食堂的時候忍不住問丁浩：「你怎麼沒和白斌一起吃飯？」

丁浩這兩天最抵觸的就是「白斌」這兩個字，聽見丁泓說，端起餐盤就要走，「不想跟我一起吃就直說啊！」

丁泓趕緊攔住他，「沒沒沒，我只是好奇問一句。丁浩你別走啊，就當我沒說……」

幫丁浩擺好筷子，又盛了一碗湯來，這才讓那隻炸毛的貓開心，安安穩穩地坐下吃飯。

丁泓看著丁浩，想知道又不敢問，吃一口飯就抬頭看看他，看得丁浩終於放下筷子。

「我說，你是不是特別想知道白斌去哪裡了？」

丁泓剛要點頭，看到丁浩的臉色不好，半路趕緊改成搖頭。

丁浩看著他笑了，「我也不知道白斌去哪裡了。」丁浩夾了他的一顆炸丸子吃，「不過你是第三十七個問我的……」

正說著，三十八號鼓足勇氣來了。

「丁浩，」張蒙端著餐盤小心地走來，看到丁浩沒說話針對才貼著丁泓坐下，「那個，白斌今天沒跟你在一起啊？」

丁浩咬著嘴裡的丸子，哼了一聲，表示沒有。

張蒙這次比較有自覺，是自己一個人來的。上次丁浩當眾警告她之後，她就不敢再冒冒失失地去找丁浩了。

今天這是星期五，要回丁奶奶家，張蒙想跟丁浩一起坐車回去。她覺得有必要和丁浩好好聯絡一下感情，再怎麼說也是親戚啊，她怕丁浩不理她就自己先走，所以早早就來跟丁浩套近乎。只是這句話說得特別不中聽，真是哪裡痛就戳哪裡。

丁浩吃著飯，也覺得沒什麼味道了，亂塞了幾口就收拾餐盤要走。

「丁泓，吃飽沒？等等一起去打球！」

丁浩要躲她，丁泓更是躲她都來不及，平時在食堂見到她都不等吃完，拔腿就跑。聽見丁浩的話，忙不迭地點頭，收拾好餐盤就跟著丁浩走了，臨走的時候還是猶豫了一下，跟張蒙道別，「那什麼，張蒙，我們先走了！」

張蒙在後面喊丁浩，「奶奶要我們下午一起回家，你別忘了！」只遠遠地聽見丁浩嘟囔了一聲，也不知道有沒有答應。

丁浩沒吃飽，哪會去打什麼球，直接跑回宿舍休息了。

原本放衣服的那張床，丁浩也收拾好了。白斌不在，這幾天他抱著自己的被子，都在這張床上睡。丁浩歪倒在床上，蓋著頭準備睡一會兒，迷迷糊糊間，覺得有人在自己旁邊，嘴巴上還有被什麼溫熱的東西碰過的感覺。

丁浩透過睫毛，模糊地想看看那個人，想伸手抱一下卻撲了個空，一下子醒過來。

抬頭看鬧鐘，還不到一點。丁浩翻了個身繼續睡，沒有背後的溫度，並不足以溫暖整個身體，丁浩的額頭抵著牆，忽然覺得有點冷。

下午去上課的時候倒是碰到了白斌，看樣子很疲憊，走得很慢，也一直在揉額頭，看到丁浩過來就對他招了招手，「你下午要回丁奶奶家吧？自己回去？有人陪你嗎？」

「有啊，」丁浩陪他一起走，答得很快，「張蒙啊。」

張蒙？白斌記得那個小女生，是丁浩姑姑家的小孩，長得還不錯，就是被寵壞了，脾氣不太好。他完全沒有想把自家丁浩拿出去和別人比的意識，稍微考慮了一會兒就點頭答應，「那下午放學的時候等我一下，送你們去車站吧？」

丁浩搖搖頭，「不用，那麼近，走幾步就到了。」

到了教室，丁浩回自己位子上坐下，白斌也在他旁邊停了一下，還是不太放心。「下午記得等我，還是送你們過去比較安全。」白斌說完，拍了拍丁浩的肩膀就回自己的座位了。

丁浩看到白斌跟平常一樣翻開書念書，趴在桌子上又開始走神。

不對，非常不對，到底是哪裡出了問題？丁浩整個下午都在想這件事，還沒想清楚，下課的鈴聲就響了，丁浩來不及再想，聽到鈴聲就往外衝。

◇

丁遠邊跟丁媽媽這個星期要回鎮上參加以前同事的婚禮，提早回去了，讓丁浩跟張蒙一起回丁奶奶家。說是跟張蒙一起回去，但其實一起回去的孩子可多了，光張蒙她們班就有三四個小女生是同路的。

丁浩想到中午張蒙那可憐巴巴的語氣就起雞皮疙瘩，壓根就沒準備跟她一起回去。

丁浩把書包扔到牆邊，又自己爬上去翻牆抄近路，心裡憤憤的。別說張蒙，還有一個白斌，你忙了一個多星期沒回來，就憑一句「下午記得等我」就想讓老子老實地等你？我呸！我要是等你就跟你姓！！

丁浩翻過牆，撿起自己的書包拍了兩下，揹起來就要走。沒走兩步就被人在後面喊住。

「丁浩！！」

丁浩的耳朵動了動，他好像聽到一個很熟悉的聲音。丁浩回頭看了一眼，眉毛都挑起來了，來的果然是熟人。

「白露？」

白露站在一輛軍用吉普車旁邊，還是一身毛呢裙子，踩著一雙紅色小皮鞋。看樣子今天是特意過來接她哥的。看到丁浩一個人出來，小臉都皺起來了，「丁浩，怎麼只有你一個，我哥呢？」

丁浩撇了撇嘴，「不知道！白斌那麼忙，我哪知道他……」

「你等等！」小女生不等丁浩說完，又打量起丁浩翻出來的那道牆，臉色越發嚴肅，「我知道了，丁浩你是不是讓我哥受委屈了，不敢見他？」

丁浩心裡的那層薄紙瞬間被捅破，終於明白自己這幾天的感覺了。

丁浩恨不得衝過去跟白露講事實、擺道理。妳哥真的不委屈，妳哥的第一次都是在老子的大腿上蹭出來的，妳還說他委屈？白斌委屈個屁！！

丁浩揹著書包，恨得咬牙切齒，「老子，才委屈！」

—下集待續—

高寶書版集團
gobooks.com.tw

竹馬成雙1

作　　者　愛看天
插　　畫　EnLin
責任編輯　陳凱筠
設　　計　彭裕芳
內頁排版　賴姵均
企　　劃　何嘉雯

發 行 人　朱凱蕾
出　　版　朧月書版股份有限公司
地　　址　台北市內湖區洲子街88號3樓
網　　址　gobooks.com.tw
電　　話　(02) 27992788
電　　郵　readers@gobooks.com.tw（讀者服務部）
傳　　真　出版部(02) 27990909　行銷部 (02) 27993088
郵政劃撥　19394552
戶　　名　朧月書版股份有限公司
發　　行　朧月書版股份有限公司
初　　版　2021年 7 月

本著作物《重生之丁浩》，作者：愛看天，由北京晉江原創網絡科技有限公司授權出版。

國家圖書館出版品預行編目(CIP)資料

竹馬成雙 / 愛看天著. -- 初版. -- 臺北市：朧月書版股份有限公司, 2021.07
冊；　公分

ISBN 978-986-06567-3-2(第1冊：平裝). --
ISBN 978-986-06567-4-9(第2冊：平裝). --
ISBN 978-986-06567-5-6(全套：平裝)

857.7　　110010054